ずっと見つめていた

森島いずみ 作
しらこ 絵

偕成社

ずっと見つめていた

森島いずみ

1

ぼくは、ときどき考える。

もし、つぐみが化学物質過敏症《ぶっしつかびんしょう》じゃなかったら、今とはまったくちがう毎日をすごしていたにちがいない。

朝、食パンを口につっこんだまま、人波の中を学校まで走りぬけ、ざわついた教室でいねむりしながら授業《じゅぎょう》を受けて、休み時間は親友の直登《なおと》とゲームの話に熱中し、放課後コンビニで大好きなポテトチップスを買い食いして塾《じゅく》でまたフネをこぐ。

夕飯は、かあさんが用意したものを冷蔵庫《れいぞうこ》から出してレンジであたためて、ぼそぼそ食べて、気がむけば宿題やって、風呂《ふろ》に入ってゲームして、寝《ね》る。日曜日は直登と、どっちかの家で寝ころがって、どうでもいいようなことをぐだぐだとしゃべりながら、やっぱりゲーム。

そんな毎日だったはず。

いや、二年前まではそんな毎日だったのだ。

せめて、つぐみのぜんそくが重くなかったなら、家族全員で引《ひ》っ越《こ》すこともなかっただろう。きっと、なかった。


つぐみの病名がはっきりしたのは三年前だ。

ぼくが四歳《さい》のとき、早産だったため、たった千三百グラムの未熟児《みじゅくじ》で生まれた。赤ちゃんのころから病気がち。軽い花粉症《かふんしょう》はあっても、まあまあ丈夫《じょうぶ》なぼくとちがって、よく熱を出したし、年中せきをしていて、鼻水が出ない日なんてないくらいだった。

つぐみが生まれるまではベランダでたばこを吸《す》っていたとうさんもたばこをやめたし、かあさんはもともとレストランチェーンの正社員だったけど、パート社員になってつぐみがいつ熱を出しても休めるようにした。

保育園《ほいくえん》は、赤ちゃんのころから面倒《めんどう》をみてくれていた保育士《ほいくし》さんのおかげで、それでもなんとか通うことができたのだけど、小学校入学は、つぐみにとって、苦しみのはじまりだった。

まず、問題だったのが給食だ。

「昔とちがって、今は学校給食に使う野菜や肉や魚やお豆腐《とうふ》の大豆にいたるまで、極力《きょくりょく》薬品や化学物質《ぶっしつ》が使われていない食材を選んでくれているし、もしかしたらつぐみが食べても大丈夫《だいじょうぶ》かもしれないわ」

と、悠長《ゆうちょう》なことをいっていたかあさんも、入学後、給食がはじまって一週間で、顔色を変えた。朝晩《あさばん》欠かさずぜんそくの薬を吸入《きゅうにゅう》していたにもかかわらず、つぐみの気管支《きかんし》から、ヒューヒュー音《おん》が出はじめた。それからまず手首やのどに、赤い発疹《ほっしん》が出て、かゆいのでついポロリとひっかくと、発疹もかゆみも広がった。

とくに、春休み中にきれいにワックスがけしてあった教室の空気は、つぐみにとって致命的《ちめいてき》だった。ワックスにふくまれる揮発性《きはっせい》の化学物質に、つぐみの体は敏感《びんかん》に反応《はんのう》し、つぐみは担任《たんにん》の先生の化粧品《けしょうひん》のにおいや、まわりをとりまくクラスメイトの、洗《あら》いたてのシャツやブラウスからただよう洗剤《せんざい》や柔軟剤《じゅうなんざい》のにおいにまで吐《は》き気《け》をもよおしはじめた。

かあさんはすばやく給食をことわって、家でとりよせている無農薬野菜や米で弁当《べんとう》をつくって持たせたけれど、すでにぬられたワックスの成分や柔軟剤《じゅうなんざい》のにおいはどうにもならない。まさか小学校の全校生徒の家庭に、無添加無香料《むてんかむこうりょう》の洗濯洗剤《せんたくせんざい》を使ってくれるように頼《たの》むわけにもいかない。

入学したての数日間だけは、つぐみもがまんして教室にいたものの、だんだん保健室《ほけんしつ》に行く回数が増《ふ》えた。つぐみの病気のことは、担任《たんにん》の先生から同じクラスの子どもたちに説明してもらったけれど、小学校一年生にはよくわからなかったのかもしれない。ある日、つぐみの後ろの席の男の子が、つぐみを「サボりっ子」と呼《よ》んで、からかった。担任の先生が、つぐみが保健室に行くのはサボっているわけではないと説明してくれたのだが、結局休み時間に、ほかの子までがつぐみを「サボりっ子」と呼んでとりまいた。

つぐみは、泣きそうになりながら教室を出てトイレに走りこみ、個室《こしつ》の中からかぎをかけて閉《と》じこもってしまった。先生たちがドアの外から話しかけても、つぐみは返事をせず、黙《だま》ったままだった。校長先生が来て説得《せっとく》してもかぎを開けず、そしてぼくが呼ばれた。ぼくもはじめは「にいちゃんだよ、安心して出てこいよ」と、兄らしくやさしい声で語りかけたが、トイレの前に人だかりができるとだんだんイライラしてきて、ドアをドンドンたたき、しまいには「いいかげんにしろよ！」と、どなってしまった。それでもつぐみは出てこない。二時間目の休み時間から、結局一年生が下校したあと、かあさんが呼《よ》びだされてかけつけるまで、つぐみは出てこなかった。しかも、かあさんとぼくが二人で説得《せっとく》にかかっても自分からは出てこず、最終手段《しゅだん》として、かぎを壊《こわ》さなければならなかったのだ。

ドアが開いて、個室《こしつ》のすみで頭をひざに押《お》しつけるようにして固まっていたつぐみにむかって、思わずぼくは声をあらげた。

「何時間たったと思ってるんだ！　みんなに迷惑《めいわく》かけやがって」

つぐみは、びくんと肩《かた》をふるわせ、声を押《お》しころしたまま鼻をすすった。かあさんが、

「さ、つぐみ、帰ろう」

と背中《せなか》をさすると、ようやくつぐみはゆっくりと顔を上げた。そしてその晩《ばん》、つぐみはぜんそくの発作《ほっさ》を起こし、せきがとまらなくなった。薬を吸入《きゅうにゅう》しても効《き》かず、病院へかけこんで点滴《てんてき》をして、ようやく症状《しょうじょう》が落ち着いたものの、ぼくはそのあと、涙《なみだ》でぬれた

つぐみの表情《ひょうじょう》を思いだしてはどうしたらいいのかわからなくなって、しばらくつぐみと言葉を交《か》わすことができなかった。あの日のことは、その後もずっとぼくの心の底にあって、ときどき思いだすと、みぞおちのあたりがチクチクとうずく。

結局つぐみは、入学してわずか一か月で教室にいられなくなり、保健室《ほけんしつ》に通ったがそれもできなくなり、そして梅雨《つゆ》に入ったころには学校に行くことすらできなくなった。

かあさんは、つぐみの背中《せなか》や胸《むね》に耳をあてて、ため息をついた。

「やっぱりダメ。ヒューヒュー音《おん》がだんだん大きくなっていく。発作《ほっさ》を起こして救急車《きゅうきゅうしゃ》で運ばれたなんてなったら、この子、それこそもう、心まで病《や》んじゃう」

両親は、二人でつぐみをかかりつけの大きな病院の小児科《しょうにか》へ何度も連れていき、担当《たんとう》の医師《いし》に相談するしかなかった。

けれど、化学物質過敏症《ぶっしつかびんしょう》という病気自体、さまざまなケースがありすぎて、飲んだりぬったり吸《す》ったりする薬にしても、これが絶対《ぜったい》に効《き》くという特効薬《とっこうやく》はまだ開発されていないし、「対症療法《たいしょうりょうほう》（病気の症状《しょうじょう》をやわらげるためにおこなう治療法）と、つぐみちゃんが反応《はんのう》を起こしてしまう物質をとにかく避《さ》けること以外ないんです。今は……」

先生は、肩《かた》を落とすだけだったらしい。

ならばと、とうさんとかあさんは、つぐみでも通える環境《かんきょう》の整った学校をさがしはじめた。かあさんは、何日も欠勤《けっきん》して、教育委員会や私立《しりつ》の学校や、児童相談所、NPO法人《ほうじん》、思いあたるほぼ全部の相談窓口《まどぐち》に電話やメールで問い合わせたり、半日を費《つい》やして実際《じっさい》に足を運んで相談していた。そして、二人の親が出した結論《けつろん》は、つぐみをフリースクールへ通わせるということだった。

フリースクール。

そこは、いろいろな原因《げんいん》で学校へ行けなくなった子どもたちが、数少ない人数で勉強したり遊んだりしている学校だが、そのスタイルはさまざまだ。

かあさん、ときにはとうさんが、つぐみをいくつかのフリースクールへ連れていき、先生と面談したり、雰囲気《ふんいき》や環境をたしかめて、やっと、まあここなら、という学校をさがしだした。

浦和《うらわ》のマンションからその学校まで、つぐみの体調のよい日は、かあさんが四十分かけて車で送《おく》り迎《むか》えをした。

古い農家を改装《かいそう》した建物の中で、十数人の小学生が、わりと自由な学習プランをそれぞれこなしていくスタイルの学校は、三十人のぼくのクラスよりずいぶんのどかで、うらやましくさえあった。

とにかくつぐみは、休みがちではあったけれど、そのフリースクールで二年間をすごした。

そしてその二年間、とうさんとかあさんは、これからつぐみをどんなふうに育てるのがよいかを、ときには夜遅《よるおそ》くまで話し合っていた。

化学物質過敏症《ぶっしつかびんしょう》というのは、都会で生活することがとても困難《こんなん》な病気だと、もちろんぼくにもわかっていた。けれど、実際《じっさい》に両親が、化学物質の少ない田舎《いなか》へ移《うつ》り住《す》むことを考えて行動を起こしたとき、ぼくは相当うろたえた。

でも、子どものころからつぐみと同じようにぜんそくに悩《なや》まされてきたかあさんは、環境《かんきょう》問題にとくに敏感だったし、もともと化学物質をできるだけ避《さ》けて、自然食品や漢《かん》方薬《ぽうやく》をとりいれて生活してきた。

ぼくの名前は「越《えつ》」。平林越《ひらばやし》。

とうさんとかあさんが出会ったベトナムのもともとの国名「越」だ。とうさんは、コンピューターの開発の仕事で、かあさんは個人旅行《こじん》でベトナムへ行ったとき、ホーチミンにあるホテルのレストランではじめて出会ったそうだ。

自然でヘルシーな食材を使ったレストランを開くのが夢《ゆめ》だったかあさんは、健康的なベトナム料理に関心があって、休みの日の朝は、ベトナムの汁《しる》ビーフン「フォー」をつくってくれる。きしめんみたいに平たくつるつるしたお米の麺《めん》はのどごしがよく、鶏《とり》だしのスープもあっさりしていてとてもおいしい。かあさんは、それに、もやしやベビーリーフのサラダをどっさりのせる。

そして、ぼくたちに、ベトナム戦争について話してくれることもある。だからぼくもつぐみも、ベトナム戦争中にアメリカ軍がまいた枯葉剤《かれはざい》で、たくさんの子どもが、手や足がなかったり、双子《ふたご》の体がくっついて生まれたり、目がひとつしかない体で生まれたりしたことも、聞かされてきた。

とうさんは、もともと自然派志向《しぜんはしこう》みたいなところはなかったけれど、かあさんとつきあうようになって、北海道や沖縄に二人で旅行したりするうちに、だんだん自然のありがたみに目覚めたようだった。

そんな二人だから、つぐみが化学物質《ぶっしつ》に反応《はんのう》してせきこむのを見ているのが、よほどつらかったのかもしれない。とうさんとかあさんは結局、田舎《いなか》への移住《いじゅう》を決断した。かあさんの実家がある栃木の那須《なす》高原や、群馬や、長野などへ、週末になると車で出かけていって、空き家を見てまわったりした。

そしてぼくが小学五年生のとき、とうとう引《ひ》っ越《こ》し先を決めた。

そこは、山梨県の西の端《はし》、南アルプス市。

この名前を聞いたとき、ぼくは正直ビビった。だって、アルプスなんて名前がくっついている市は、きっと日本中さがしたってほかにはない。ぼくの目の奥《おく》あたりに、いつか写真で見た、けわしい雪山が連なるヨーロッパのアルプス山脈《さんみゃく》の山々が広がった。

もちろん、いきなりそんな山里へ引っ越すことには、ぼくだって不安や迷《まよ》いがあった。生活環境《かんきょう》も学校も生活も、今までとは大きく変わるのだ。

あの、つぐみがトイレに閉《と》じこもった日のことがなかったら、引っ越すことに反発して文句《もんく》をいったり怒《おこ》ったりしたかもしれないと思う。けれど、体を固くして何時間も動かなかったつぐみが顔を上げたときの痛々《いたいた》しい表情《ひょうじょう》を思いだすと、ぼくはどうしても、引《ひ》っ越《こ》しに反対することができなかった。

2

引《ひ》っ越《こ》す家を決めるのに、条件《じょうけん》はいろいろあった。

まず、もちろん化学物質《ぶっしつ》のできるだけ少ない環境《かんきょう》。空気や水が澄《す》んでいること、そしてぼくが通う中学校とつぐみが通える特別な学校があること。

引っ越しを機にウェブデザイナーとして独立《どくりつ》して仕事をはじめるとうさんが、仕事で東京へ行くのに、できれば車で二時間ぐらいの場所。

そして、借りるのは、リフォームしてもよい家で、かあさんが小さな食堂《しょくどう》を開くのに、それほど改築《かいちく》のいらない物件《ぶっけん》であることだ。

東京から二時間の距離《きょり》ならばきっと、ゆたかな自然の中で自然食を提供《ていきょう》する食堂に、わざわざ足を運んでくれる人もいるだろう、という大きな希望と期待を持って、かあさんは「山のごはん屋」を営《いとな》むことを決心していた。もともと小さな飲食店を開きたくて調理師免許《ちょうりしめんきょ》を二十代《だい》にとっていたし、つぐみを育てながら、体にいい自然食品の料理を、独学《どくがく》で勉強してきた。

両親は、インターネットや田舎暮《いなかぐ》らしの雑誌《ざっし》などで情報《じょうほう》を集めた。そして行きあたったのが「南アルプス山麓《さんろく》いやしの里づくりの会」だった。山歩きや農業体験、野菜やくだものや、はちみつもつくっている会の代表の飯島《いいじま》さんが窓口《まどぐち》となって、いろいろ手助けをしてくれた。条件《じょうけん》にかなう空き家を見つけ、家主さんに相談してくれたのも飯島さんだ。車で十五分走れば、特別な事情をかかえた子どもを受けいれている特別支援《しえん》学校があることが、最後の決め手だった。

週末は南アルプス市へ行って、いろいろな手つづきや準備《じゅんび》に時間を費《つい》やす日々がはじまった。だからぼくは小学校六年生の土日や連休は、ほとんど移住《いじゅう》の準備につきあわされたわけだ。

南アルプス市の山は、けわしいヨーロッパのアルプス山脈《さんみゃく》のようではなかった、引《ひ》っ越《こ》し先のある山ぎわの集落から見えるのは、甲府盆地《こうふぼんち》のむこう側に堂々《どうどう》とそびえる富士《ふじ》山《さん》、北側には、でこぼこしているけどとても格好《かっこう》のいい八ケ岳《やつがたけ》、そして西側には南アルプス。家から高い山々は見えないけれど、富士山の次に高い北岳《きただけ》も、その次に高い間ノ《あいの》岳《だけ》もある。

夜には甲府盆地《こうふぼんち》の夜景がキラキラ宝石《ほうせき》をちりばめたように美しく見下ろせた。冬は浦和《うらわ》のマンションよりは寒いけれど、朝、小鳥たちやカッコウの声で目を覚ますのは気持ちがいい。夜は静かでさびしいくらいだ。でも、南アルプスにいるあいだは、つぐみのせきはおさまっていて、そのことが何よりかあさんを安心させた。

もっとも、空き家のまわりは草ぼうぼう。割《わ》れた植木鉢《うえきばち》や、さびたトタン板なんかが散乱《さんらん》していて、それをのけると二十センチもある太いムカデがいたり、案内されて家の中に入ったら、湿《しめ》ったカビくさいにおいがして、ぼくもつぐみも、本当にこんな家に住めるのか、不安でいっぱいになった。

トイレはくみとり式の和式便器だったし、お風呂《ふろ》はホーロー浴槽《よくそう》。脱衣所《だついじょ》もせまくて洗面台《せんめんだい》はタイル張《ば》り、押《お》し入《い》れを開けてみれば、中には古い雑誌《ざっし》や置物が昔のまま放置されていた。台所には大きなコガネムシがひっくり返っていたし、かあさんが気ばって料理するには流し台もせますぎる気がした。

かあさんの実家で、昔、一度見たことがあったガス湯わかし器が、流し台の上に備《そな》えつけてある。水道の蛇口《じゃぐち》から換気扇《かんきせん》まで、全部が全部、昭和の時代にタイムスリップしたみたいだった。

「貸主《かしぬし》さんにはリフォームする了解《りょうかい》はとってあります。もうだれも住む予定のない家ですから。リフォームするなら、信頼《しんらい》できる業者さんを紹介《しょうかい》しますよ」

ふすまをガタガタ開きながら、飯島《いいじま》さんがいった。

「そうですねえ。思ったよりリフォーム代は高くつくかもしれないけど、ほかにこんなに環境《かんきょう》のいい物件《ぶっけん》も望めないかなあ」

かあさんは、開け放った窓《まど》から見える水の入りだした光る棚田《たなだ》と緑色の山々に目を細め、濃《こ》い酸素《さんそ》を思いきり吸《す》いこむように深呼吸《しんこきゅう》をした。

ちょうど山々は、やわらかな新緑の緑色から深くて濃い緑色へと移行《いこう》する、四月の終わり。

つぐみは庭のすみに咲《さ》いていたすみれの花を摘《つ》んでちょっとにおいをかぎ、それからまぶしそうに空を見上げた。

とうさんは、天井《てんじょう》の傷《いた》み具合をたしかめたり風呂《ふろ》のガス釜《がま》をのぞきこんだりして、額《ひたい》

にちょっとしわを寄《よ》せた。

ぼくは、日本間の、茶色く日に焼けたたたみの上に、ただ立っていた。

コンビニまで自転車で何分？

それとも何十分？

ケータイの電波は？

ポテトチップス買える？

通う中学校は？　塾《じゅく》は？　自分の将来《しょうらい》は？

のどまで出た言葉をのみこんで、ぼくらはゆっくり歩いて散歩に出た。

山のすそ野をかけあがるように広がる棚田《たなだ》は、雲をうつしてきらきら光っていた。山から流れてきた透明《とうめい》な水は石積みの下の水路を勢《いきお》いよくくだり、ところどころで水しぶきがキラキラはねあがっていた。その水しぶきはなぜか甘《あま》いにおいがする。

つぼみのふさを下げたアカシアの木が点在《てんざい》し、遠くに風をうけて竹林がゆれていた。

小さな公園には水車がまわり、そのむこうに櫛形山《くしがたやま》が本当に櫛の形で鎮座《ちんざ》している。

田んぼのあぜには、黄色いたんぽぽと桃色《ももいろ》のユウゲショウが点々と咲《さ》いている。綿《わた》ぼうしになった気の早いたんぽぽを一本摘《つ》みとって、かあさんがふうと息を吹《ふ》くと、綿毛《わたげ》が四方に舞《ま》った。

日の光はさんさんとさしているのに、浦和《うらわ》で感じる、じっとりと汗《あせ》を呼《よ》ぶ光じゃなかった。光は、土に吸《す》いこまれていく。はねかえらず、草木にふりそそぐ。

夕方、十分ほど山をくだったところにある日帰りの温泉《おんせん》で風呂《ふろ》をもらい、すぐ近くにある川沿《かわぞ》いのキャンプ場のコテージに泊《と》まった。ログハウスのコテージは木のにおいがして、ベランダへ出ると川からの水音が心地よかった。とうさんがキャンプ場の受け付けで借りた卓上型《たくじょうがた》のバーベキューグリルをベランダのテーブルに置いて、

「今日は外メシ！」

うれしそうにクーラーボックスから缶《かん》ビールを引っぱりだし、グリルに火を入れる。

かあさんがあらかじめ下ごしらえをしたアユ四匹《ひき》、それと無農薬のカボチャ、ピーマン、ニンジン、タマネギ。アルミホイルに包まれたジャガイモをグリルの上にならべていった。バーベキューははじめてじゃないけど、やっぱり外で食べるごはんはなぜかおいしく感じられる。

かあさんが、ほどよく焼き色のついたアユをおのおの皿に移《うつ》しながらいった。

「で、越《えつ》は、どう？」

「え？　どうって？」

「つぐみは、体のことがあるから仕方ないとしても、越は？　こっちでやっていけそう？」

次にとうさんの視線《しせん》がとんできた。

「なあ、越……」

とうさんは、アルミホイルに包まれたジャガイモをひっくり返した。

「とうさんもかあさんも、いろいろ考えたんだ。おまえだけ浦和《うらわ》に置いていこうか、それともつぐみだけ空気のきれいなところに山村留学《りゅうがく》させようか、って。でもな、やっぱり、どんなところでも家族がいっしょのほうがいいって、そういう結論《けつろん》になったんだ。そうしないと、なんだか後悔《こうかい》するような気がしてなあ」

ぼくは黙《だま》ったまま小さくうなずいた。いつもビールを飲みながら軽い冗談《じょうだん》をまぜて話をするとうさんだけど、なんだかいつもとちがってしんみりとした空気をただよわせている。

黙《だま》ってしまったぼくを見ていたかあさんが、少し首をかしげて、それから空気を大きく吸《す》いこんだ。

「ねえ、越《えつ》……」

顔を上げたぼくには、かあさんがほんの少し微笑《ほほえ》んでいるように見えた。

「犬、飼《か》おうか。飼いたかったんでしょう、ずっと」

このとき、つぐみの顔にも、ぱっと明かりがさした。

「ほんと……？　いいの……？」

ぼくはかあさんととうさんを交互《こうご》に見やった。浦和《うらわ》のマンションで犬を飼えなかったのは、つぐみのぜんそくが悪くなるかもしれなかったからだ。犬は化学物質《ぶっしつ》じゃないけど、やっぱり毛のぬける時期は心配だった。

「今度は広い庭があるんだもの。外飼いなら大丈夫《だいじょうぶ》だよ」

とうさんが小さく何度もうなずいた。つぐみが身を乗りだした。

「わあ。うれしい！　ねえ、テレビで見た、かわいそうなワンちゃんたちみたいな犬がいい」

「保護犬《ほごけん》のこと？」

「うん。飼《か》い主《ぬし》のいないかわいそうな犬がいっぱいいるところから、もらおうよ」

「そういう施設《しせつ》にいる犬は、人間を信じられるようになるまで、いろいろ大変だって聞くけどなあ」

とうさんが腕組《うでぐ》みをした。

「そうねえ。でも、みんなで愛情《あいじょう》をそそげば、犬も心を開いてくれるかもしれないじゃない。でも、かまないことが条件《じょうけん》ね。ごはんを食べにきてくれたお客さんをかんじゃったら困《こま》るから。うん。じゃあ、さっそく保護施設を調べてみよう」

うれしかった。ずっと犬がほしかった。犬が飼えるなら、新しい家や小学校からの友だちのいない中学校に通っても、それほどさびしい思いをしなくてすむかもしれないと思えたし、つぐみも、犬がいれば心強いにちがいない。犬を飼えるということで、田舎《いなか》へ引《ひ》っ越《こ》すことに対するぼくの気持ちは大きく変わった。

こうして、南アルプス市の、古いけどぼくたちにとって新しい家は決まった。決め手になったのは、家の窓《まど》や庭からも見える、眼下《がんか》の甲府盆地《こうふぼんち》のむこう側に堂々《どうどう》とそびえる富士山《ふじさん》のながめだった。

一年近い時間をかけて、何度も通って床《ゆか》を天然木の無垢板《むくいた》に張《は》りかえ、雨もりのする天井《てんじょう》や屋根を修理《しゅうり》したり、台所をシステムキッチンに変えたりした。床と天井がきれいになると土曜日の夜は泊《と》まれるようになったから、別荘《べっそう》ができたみたいでうれしかった。

かあさんはつぐみのために、防虫剤《ぼうちゅうざい》や殺虫剤《さっちゅうざい》を使わなくてもいいようにと、庭に防虫効果《こうか》の高い草花をたくさん植えた。蚊連草《かれんそう》といわれるゼラニウムや除虫菊《じょちゅうぎく》、レモングラスやラベンダーなどのハーブ類などなど、虫よけ植物で庭はいっぱいになった。

「これで、ワンちゃんも蚊にさされないわ」

かあさんが胸《むね》を張った。

家主さんは八十六歳《さい》のおじいさんで、今は息子さん夫婦《ふうふ》や孫といっしょに市街地の新しい家で暮《く》らしている。

「もうあんな不便なところには住まんよ。なんでも好きになおせし」

と、愛想よく笑った。

つぐみは大きな病院を受診《じゅしん》して、病弱な子が通ってくる支援《しえん》学校への転校手つづきを進めた。ぼくは五百人以上生徒がいる大きな中学校と、全校生徒がたったの十六人という小さな中学校の、どちらかを自分で選んでよいということになっていた。けど、結局自転車通学する坂道のゆるいほうを選んで、小さな中学校への入学を決めた。大きくて生徒の多い学校は、クラス内のピラミッドによそ者の自分が組みこまれるのも大変だという気がした。

幼稚園《ようちえん》から親友だった直登《なおと》は、ぼくが山梨へ引《ひ》っ越《こ》すことが決まって、最初はぶつぶつ文句《もんく》をいった。でもだんだんあきらめがついたのか、中学の話をしなくなった。冬休みになると、いっしょにこたつに下半身をつっこんでゲームをしながら、何度も、

「遊びにいくよ。南アルプス市まで」

つま先でぼくの足をつっつついた。

かあさんは、食堂《しょくどう》をひらくための、もろもろの手つづきを進めながら、店の名前を考えたりメニューを決めたりするのに忙《いそが》しく、とうさんはとうさんで、会社をやめて独立《どくりつ》するにあたり、今までつきあいのあった人たちにあいさつをしてまわったり、仕事を整

理したり準備《じゅんび》したりするために、夜遅《よるおそ》くまで起きていた。

動物保護《ほご》センターに電話して、子犬を保護したら連絡《れんらく》をもらえるように頼《たの》んだ。つぐみもぼくも、犬を飼《か》うなら子犬から育てたかった。

いやしの里の会の飯島《いいじま》さんは、引《ひ》っ越《こ》し前のあいさつまわりにも同行してくれたし、地域《ちいき》の行事や習わしについて、くわしく説明してくれた。

最初は不慣《ふな》れなことばかりでも、ひとつひとつ、慣れていかなければならない。あいさつに訪《おとず》れた古い大きな蔵《くら》のある家々では、おじいさんかおばあさんが玄関《げんかん》に出てきて、

「こんな田舎《いなか》にねえ、よく来なさるねえ」

といい、つぐみの病気のことを説明すると、

「へえ。そんな病気があるだけ」

と、一様《いちよう》に口を、「ほ」の字に開けておどろいた。

冬の朝は浦和《うらわ》よりずいぶん寒かった。でも、庭のバケツに厚《あつ》い氷がはると、それがとてもきれいだといって、つぐみはよろこんでいた。

夏の富士山《ふじさん》より、冬の富士山がくっきり見えてとてもきれいだということも知った。

南アルプス市は果樹園《かじゅえん》が多い。春めいてくると、まず梅《うめ》が咲《さ》き、桃《もも》が咲き、そして桜《さくら》が咲く。今年は桃と桜がいっしょに咲いた。

三月、春分の日の翌日《よくじつ》、ぼくらは住《す》み慣《な》れたマンションを引きはらい、淡《あわ》い緑色の新緑にかこまれた山里へ引《ひ》っ越《こ》した。ぼくは、抗《こう》アレルギー剤《ざい》を一年中飲んでいるつぐみより花粉症《かふんしょう》がひどくなって、耳鼻科で薬をもらった。

3

何もかもが変わった。

まず、とうさんとかあさんが、朝五時には起きるのに、二人とも会社へ行かない。そのことに、はじめのうちは違和感《いわかん》があった。

晴れた日には富士山《ふじさん》のてっぺんのわずかに左側から太陽がのぼり、そこから強烈《きょうれつ》な光が容赦《ようしゃ》なくさしてくる。

集落の中にいるニワトリが高らかに鳴き、カッコウやウグイスやホトトギスの声が林の中から耳に届《とど》き、スズメたちも屋根の上や雨どいでカサカサと足音をたてるので、寝《ね》ていられない。近所の人たちが果樹《かじゅ》の受粉《じゅふん》作業にむかうトラックのエンジン音も聞こえるし、とにかく早朝からいろいろな音が耳に入ってくる。

ぼくは、新しい中学校まで自転車を走らせた。登校は下り坂で、とても気持ちがいい。

中学校は小学校ととなり合わせたこぢんまりしたつくりで、決して大きくない体育館とプールと、校庭のすみに花壇《かだん》が、となりに学校の畑がある。

役所や公民館が集中しているその区域《くいき》をのぞけば、山あいにはりつくように点々と、民家と畑があり、畑はけものよけの柵《さく》やネットでかこんである。

富士山《ふじさん》の次に高い北岳《きただけ》や、その次に高い間ノ岳《あいのだけ》が連なる白根三山《しらねさんざん》への登山口に近いはずだけど、その高い山々が学校から見えるわけじゃなく、四方には谷あいの川をはさんで低い山々が、昔ばなしの風景みたいにこんもりと連なっているだけ。

ときおり、土砂《どしゃ》を積んだダンプカーが鈍《にぶ》い音をたてて通りすぎる以外、車も人もあまり通らない。浦和《うらわ》の生活とは一変、孤独《こどく》な通学路だ。学校の中は、とうさんと一度見学させてもらった。新入生はぼくを入れて六人だということだった。教室の広さは全国どこも同じだから、今までとちがって、教室がやけに広く感じた。がやがやした雑音《ざつおん》も、ジャージの脱《ぬ》ぎちらかされたロッカーの列も、黒板の落書きもない。

帰りの上り坂はきつい。ぼくは、何度か自転車を降《お》りて休んだ。まだ少し肌寒《はだざむ》いのに、自転車を押《お》しながら息を切らして坂をのぼると、背中《せなか》に汗《あせ》がにじんだ。途中《とちゅう》、麦わら帽子《ぼうし》から黒いネットが下がっている変な帽子をかぶったおじさんに、声をかけられた。

「埼玉から引《ひ》っ越《こ》してきたおにいちゃんかい」

ぼくが何度か小さくうなずくと、

「おかあさんが、はちみつをたくさん買ってくれるんだと。なんでも店で出す料理に使うとかで」

おじさんは黒ネットの下がった帽子《ぼうし》をとって、にこっと笑った。細い目が、きゅっと下がって、目じりにしわが寄《よ》った。

「うちの生はちみつは特別だよ。ふふふ。いやしの里でみつばちを飼《か》ってるから、そのうち遊びにくるといいさ。あ、おれ、耕二《こうじ》。耕ちゃんって呼《よ》んでいいからさ」

気のよさそうな耕ちゃんは、山道の両側にならんだ木々の芽ぶき具合や様子をたしかめながら、鼻歌を歌ってぶらぶらと歩き去った。もともとかあさんは、あまり白砂糖《しろざとう》を使わない。ぼくにもよくわからない茶色い砂糖や特別なはちみつを、通信販売《はんばい》でよく買っていた。

「はちみつはいいのよ。殺菌《さっきん》作用もあるし、体にいいものがいっぱいなの」

と、自慢《じまん》げにいっている。ぼくは、あたたまりはじめた山の空気を胸《むね》に吸《す》いこんで、空を見上げた。

木々のあいだに広がった空。

そこにあるのは、ビルとビルのあいだに細長く見えるだけの灰色《はいいろ》がかった空じゃなく、酸素《さんそ》の濃《こ》い空気のむこうに高く広がる澄《す》んだ青い空。

けれどそのとき、なぜかぼくは、説明できない不安定な気持ちになって、くるりとむきを変えた。二十分走れば、コンビニがある。ゲームに使うプリペイドカードもちゃんと売ってる。心の友のポテトチップスも、アメリカンドッグも。そして、コンビニに入って自動ドアの開く音を聞いた瞬間《しゅんかん》、慣《な》れしたしんだ空気にほっとしてしまった。

「大丈夫《だいじょうぶ》。ここに来れば」

ぼくはぼそっとひとりごとをつぶやいた。コンビニの空気は、今までの雑然《ざつぜん》とした街や学校や友だちと、そこから切りはなされた心細い今をつなぐ、わずかな手がかりのような気がした。

入学式までのあいだ、とうさんもかあさんもそれぞれの新しい仕事の準備《じゅんび》にふりまわされていた。かあさんは、食堂《しょくどう》の店名や、メニューをほぼ決めたらしかった。

店の名前は「山のごはん屋なずな亭《てい》」。

新しい家を決めたとき、庭になずながたくさん生えていたからだ。田舎《いなか》育ちのかあさんは野原の草花にくわしい。なずなは、春の七草のうちのひとつで、別名ペンペン草。ペンペンというのは、果実のかたちが三味線《しゃみせん》のバチに似《に》ているかららしい。

小さいころ、かあさんは空き地や駐車場《ちゅうしゃじょう》のすみっこに生えているなずなを折りとって、花の下の実を引っぱってからくるくるまわしてちゃらちゃらと音を出してみせてくれた。

今でもつぐみはその遊びがしたくて、なずなを見つけると手をのばす。そして耳元に持っていって、くるくるまわして音を出しては、にっと笑うのだ。

「なずなは、とても強くてかわいいから。それに、若《わか》くてやわらかいころは食べてもおいしいし、体にもとてもいいのよ」

と、自分のネーミングセンスを自慢《じまん》した。そして、

「ワンコイン・ワンメニュー、営業《えいぎょう》時間は十一時からのランチタイムのみ。五百円玉一枚《まい》で食べられるけど、メニューは日替《ひが》わりの、なずな定食のみ。おかずは、煮魚《にざかな》と季節の小鉢《こばち》と具だくさんのおみそ汁《しる》にキビごはん、それにぬか漬《づ》け。ザッツオールよ。この

山里まで足をのばしてくれるお客さんのために、自然の恵《めぐ》みを生かして腕《うで》をふるうわ」

魚は、飯島《いいじま》さんが市内の評判《ひょうばん》のいい魚屋さんに連絡《れんらく》して、仕入れができるように手配をしてくれた。

「煮魚《にざかな》は、甲州《こうしゅう》小梅《こうめ》と、しょうがとはちみつをいっぱい入れて、さっぱりと梅煮にする。イワシ、アジ、サバ、サンマ。それぞれ旬《しゅん》の季節に、安くておいしい青魚を使うの。安めの青魚じゃないと採算《さいさん》が合わないものね。山梨に海はないけど、今はじゅうぶん新鮮《しんせん》な魚が手に入るから、煮魚で勝負することにしたの。だって、近くに住んでいるのはほとんど高齢《こうれい》の人たちだから、煮魚なら食べやすいでしょう。ご近所さんに来てもらいたいしね。小鉢《こばち》も山の食材を盛《も》りこんだ煮物や和《あ》え物《もの》をつくる。キビは棚田《たなだ》の上のほうの名取《なとり》さんのおばあさんが休耕田《きゅうこうでん》でつくっているのを買うわ」

やる気満々のかあさんは、袖《そで》をまくりあげると、つぐみが生まれて間もないころから毎日かきまぜつづけた自慢《じまん》の「熟成《じゅくせい》マイぬか床《どこ》」を力強くこねまわした。

引《ひ》っ越《こ》しの荷解《にと》きがすんでしまうと、つぐみしか話し相手がいないぼくは、退屈《たいくつ》して、ゲーム機で直登《なおと》とチャットをしたりしていたけれど、かあさんから命令された「強制《きょうせい》労働」だけはしなければならなかった。

それは、草とりだ。除草剤《じょそうざい》を使いたくないからといって、かあさんは去年の枯《か》れ草《くさ》や生えはじめたばかりの雑草《ざっそう》をぬくのを手伝えと命令してきた。田舎《いなか》への引《ひ》っ越《こ》しを決めてから、かあさんは妙《みょう》に強くなったみたいだ。信念に支《ささ》えられているようなきりっとした強さが目にあらわれていて、簡単《かんたん》にさからえない。今まで罰則《ばっそく》というのはわが家にはなかったのに、草とりだけは手伝わないと、こづかい減額《げんがく》の罰だとかあさんは一方的に決めた。

たぶん、冗談《じょうだん》半分だとは思う。そう思いたい。仕方がなく、ぼくもつぐみも軍手をはめて、庭にしゃがみこんだ。去年の枯れ草は乾《かわ》いていて大きいので、根ごと引きぬく。ぬくと、土といっしょにミミズが飛びだしてあばれる。ぼくは元気よくクネクネとあばれるミミズを、ひょいとつまんでつぐみの手元に投げてやった。

つぐみは、病弱に生まれたせいかとてもこわがりで、とにかくいろいろなものをこわがる。でも、目の前に投げだされたミミズを、首をのばしてじっと見つめた。意外なことに、つぐみはこわがっていなかった。もともと、「キャー」なんていう声をあげたこともないつぐみだけど、ミミズへの反応《はんのう》は、ぼくが予想していたのとはちがっていた。

つぐみは、あばれるミミズにそっと手をのばした。それから人差し指の先でつるつるしたミミズを、興味《きょうみ》深げに何度かつっついた。次に、つぐみはそっと、ミミズをつまみあげた。危険《きけん》を察知《さっち》したミミズはあばれて、土の上に落下した。つぐみは、地面にもぐろうと必死になっているミミズを見つめつづけた。見開かれた大きな目には、おどろきと、そしてミミズに対する興味と、かすかな笑《え》みがうかんだ。

ミミズがあくせくと土の中にもぐってしまったあとに、つぐみは、軽くぽんぽんと、地面をたたいた。そして、小さく口を動かした。

「かわいい……」

土のにおいのしない生活をやめて、田舎《いなか》に移《うつ》り住《す》んだことがつぐみを変えるかもしれない。それまで見たことのないつぐみの表情《ひょうじょう》は、ぼくの気持ちをあたためてくれた気がした。

住み心地がいいのか悪いのかわからないけど、古いけど新しい家での生活がスタートした。かあさんが植えた庭の草花のにおいをたしかめたり水をやったり、アリの巣を掘《ほ》ってみたり、ときには棚田《たなだ》の水路を流れる澄《す》んだ水に手を入れてみたりしているつぐみは、浦和《うらわ》で暮《く》らしていたときより生き生きして見えた。

4

動物保護《ほご》センターから連絡《れんらく》が来たのは、四月はじめの日曜日で、入学式の前の日だった。

ぼくの入学式とつぐみの始業式が重なったので、ぼくの入学式にはとうさんが出席し、つぐみにはかあさんがつきそったけど、両方とも午前中で終わるので、午後から子犬を引きとりにいくことにした。保護センターからのメールには、子犬を保護したいきさつや今の状態《じょうたい》が説明されていた。

山菜を採《と》りにたまたま山へ入った人が、山中の河原《かわら》でぬれたままうずくまっていた子犬を見つけて保護センターへ電話したらしい。兄弟と思われるべつの子犬がそばで息たえていたという。

「この子はまだ息があったので保護して、あたためたり、あたたかいミルクをあげたりしたらなんとか元気になったんです。白い雑種犬《ざっしゅけん》で、体つきからするとおそらく中型犬《ちゅうがたけん》だと思われます。メス犬です」

オス犬のほうが子どもを産まないからいいんじゃないか、と、とうさんはいったけど、メス犬のほうが断然飼《だんぜんか》いやすいわよ、とかあさんがとうさんの言葉に異《い》をとなえた。

「あ、そうか。どっちみち、避妊手術《ひにんしゅじゅつ》をするんだしね」と、とうさんがうなずいたので、ぼくらはその白い子犬を引きとりにいくことにした。

保護《ほご》センターは甲府《こうふ》の北側の山道を少しのぼっていったところにあって、まわりは湿《しめ》り気《け》の多い杉林《すぎばやし》だった。杉花粉《すぎかふん》に鼻水をすすりながら、約束した三時の少し前に着いて、事務所《じむしょ》のドアをノックすると、中から顔を見せたのは、肩幅《かたはば》の広いがっしりした体格《たいかく》のおじさんだった。

おじさんに案内されて、ぼくらはまず、奥《おく》の小部屋で「愛犬の正しい飼い方」というビデオを見せられた。犬を飼うにあたっての、予防接種《よぼうせっしゅ》などの決まりごとや、しつけの仕方や、フンの始末などのマナーについてのビデオだ。それから、「犬を飼う人へ」という冊子《さっし》をもらい、いよいよ子犬に会わせてもらうことになった。家族で行動するときはいつもいちばん後ろからおずおずと遅《おく》れがちについてくるつぐみが、めずらしくぼくの前を歩いた。

子犬は、ケージの中のバスタオルの上で横たわって、すやすやと眠《ねむ》っていた。小さなおなかがかすかにふくらんで、黒い鼻がひくっと動き、おじさんが大きな手で背中《せなか》をなでると、こげ茶色の目がぱちっと開いた。

「まだ生後一か月たつかどうかってとこですな。予定してもないのに生まれちまったんで川に流したんでしょうな」

子犬は顔を上げることなく、横目でぼくらをちらっと見た。かあさんが子犬をなでたのを見てつぐみも手をのばし、子犬のやわらかな毛なみに、いく度も手をすべらせた。

「わあ……」

つぐみの表情《ひょうじょう》が、ぱっと明るくなる。

「かわいいな」

とうさんが目を細くした。ぼくもつぐみのあとから子犬のしっぽを、ちょんとつついた。丸まったしっぽがすごくかわいかったから。

おじさんが子犬を抱《だ》き上《あ》げて、ほら、とぼくに手渡《てわた》してくれた。子犬はちょっと体を固くしてバタつき、足でぼくの腕《うで》を何度か蹴《け》ったけど、それは、こそばゆいくらいの力だった。

たれた耳がやわらかくぼくの首にふれると体温が伝わってきて、思わずほおずりをしたくなる。つぐみにうらやましそうな視線《しせん》をむけられて、ぼくはそっと子犬をつぐみの手にゆだねた。つぐみは子犬の頭に何度もほっぺたをすりつけ、ぼくらはおじさんにお礼をいって、子犬が安心するように、バスタオルもいっしょに子犬を車へ運んだ。

引《ひ》っ越《こ》しと同時に買いかえた青いワンボックスタイプの軽自動車のハッチを開け、買ったばかりのケージに子犬とバスタオルを入れると、子犬はくんくんとにおいをかぎまわり、それからお座《すわ》りをして、丸い目を見開き、ぼくらの顔をはじめて見つめた。

「今日から家族だな」

とうさんは子犬にむかってそういって、ハッチのドアを閉《し》めた。

帰り道、後ろの荷台が気になって仕方がないぼくとつぐみを見て、助手席のかあさんが、ちょっとまじめな口調で話しはじめた。

「あのさ」

ぼくは、それでも子犬が気になって何秒かおきにふりかえり、背中《せなか》でかあさんの声を聞いていた。

「ワンちゃんの名前なんだけど……ピコにしない？」

ぼくとつぐみは同時に前をむいた。

「ピコ？　なんで？」

「クリームがいいよ。白くてふわふわだもん」

つぐみがほっぺたをふくらませた。ぼくは、名前はあとでゆっくり考えようと思っていたし、とうさんはとうさんで、

「アサヒ、というのはどうかな」

なんて、やたら古めかしい名前を提案《ていあん》した。

「あのね……。じつは……」

かあさんが意味深《いみしん》な表情《ひょうじょう》でつづけた。

「越《えつ》が三つで、つぐみがかあさんのおなかの中にいたとき、かあさん、つわりがひどくてね。あ、つわりって、わかるわよね。おなかに赤ちゃんがいるおかあさんが、具合悪

くなって、ごはん食べられなくなっちゃったりする、あれよ。それで、生活が大変だから って那須《なす》のおばあちゃんのところにいたときのことだけどね。車で田舎道《いなかみち》を走ってい たら、フロントガラスに鳥がぶつかってきたの。降《お》りてみたら鳥は、どうやら脳《のう》しんと うを起こしてて、気絶《きぜつ》しちゃってたの。そしたら越《えつ》が、鳥ちゃん死んじゃったの？って 泣いて泣いてね。どうしても連れて帰るっていうから、仕方なく連れて帰ったの。越が ずっと抱《だ》いて、ごめんねごめんねって泣くから、かあさんまで泣きたくなった。

でもね、おばあちゃんの家に着いたら、鳥は動きはじめたの。ちょっとケガしたらし くて、しばらく飛べなかった。越は、それはそれは一生懸命《いっしょうけんめい》お世話をしたのよ。そして、 一週間ぐらいで、鳥は元気になった。鳥を山に連れていってお別れをいうまで、越は鳥 かごにつきっきりだった。ピコちゃん、って名前をつけて一日中話しかけていたの。ピ コちゃん、早く元気になってね、って。その鳥は、図鑑《ずかん》で調べたら、ツグミだったの。 それで、とうさんにそのことを話したら、生まれてくる赤ちゃんは、つぐみって名前に しようってことになったの」

はじめて聞く話だった。ぼくの名前の由来は聞いていたけれど、つぐみの由来については「かわいい鳥だから」くらいで、くわしいことは聞いていなかった。

「へえ。でも、どうしてその鳥の名前を犬につけるの？」

ぼくはちょっと不服だった。

「うん。なんだかね、かあさん、越《えつ》の、ピコちゃんって何度も話しかけていた声が、忘《わす》れられないの。とってもあたたかくて、鳥が元気になるのを心から願っているような、呼《よ》びかけをね。なんだか、またその声が聞きたくて……」

つぐみは、自分の名前がついたいきさつを聞いて、うれしかったのかもしれない。

「いいよ。ピコちゃんで。女の子だし、私《わたし》はピコちゃんでいいよ」

とうさんまでが、

「そうだな。アサヒなんて、オス犬みたいかな」

なんていう。仕方なく、ぼくも、

「じゃあ、いいよ。みんながいいなら」

というわけで、子犬の名前はピコになった。

家に着くとピコは、はじめての家族と家がこわかったのか、ケージの中でおもらしをしていた。かあさんとつぐみがぬれたケージの床《ゆか》をふいて、新聞紙と新しいバスタオルを入れてやった。とうさんはすぐにホームセンターへ行って、子犬用のドッグフードやミルクや食器、それに犬小屋をつくる木材を買ってきた。

「犬小屋ができるまでは、玄関《げんかん》に置いてあげようね。まだ朝方は冷えこむし。生後一か月じゃ、おかあさんや兄弟たちとくっついていたいころだもの」

かあさんは、そういいながら、くんくんとピコのにおいをかいで、

「こんなにちちくさいんだもの」

と、笑った。

しばらくそっとしておいて、ピコが落ち着くのを待ってから、ぼくとつぐみはミルクをあたためて、子犬用のドッグフードとまぜて、ピコの前に置いた。ピコはしばらくにおいをかいでから、おそるおそるぺろぺろと小さな舌《した》でなめはじめた。

「もう、大丈夫《だいじょうぶ》だな。ウンチをしたら、おまえらが始末をしろよ」

とうさんが、ちょっとエラそうにぼくの肩《かた》を軽くたたいた。

5

ぼくも、つぐみも、新しい学校生活をスタートさせた。

登校に自転車で三十分以上かかるぼくが、いちばん早く家を出る。はじめのうちは、余裕《よゆう》をもって、七時半には自転車をこぎだした。

行きはよいよい帰りはこわい通学路だ。朝から汗《あせ》だくになるよりは、帰り道がきついほうがまだマシだけど、登校中もヘタをするとスピードを出しすぎて交差点の手前でけっこうヒヤッとさせられた。通勤《つうきん》時間帯だから、車通りも少なくない。カバンは指定がないので、ナップザックにしたけれど、自転車をこいでいると、ザックの背《せ》にけっこう汗をかいた。

教室へ入ると、女子が一人、ぽつんと席についていた。男子と女子は半々の三人ずつで、そのうちの一人、長谷部《はせべ》結衣《ゆい》は、市街地からバスで通ってくる。市街地の小学校を卒業したけど、この山ぎわの小さな中学へ入学した。やわらかそうな髪《かみ》をショートカットにしていて、大きな目はいかにもかしこそうだ。

結衣《ゆい》は、ぼくが教室の戸を開ける音に、ちらっとこっちを見て、あいさつがわりにコクンと首を縦《たて》にふった。

「あ、おはよ」

ぼそっといったから、ぼくも小さく会釈《えしゃく》をした。

たったの六人にあてがわれた教室はやけに広く感じられ、そのわりに窓《まど》から見える校庭は、お世辞《せじ》にも広いとはいえない。校庭の真ん中あたりを、ハトが三羽、のんびり歩いている。黒板には緑と白と赤のチョークで「入学おめでとう」の文字が書いてある。

机《つくえ》の左すみに、名前をプリントしたシールが貼《は》ってあった。「平林越《ひらばやしえつ》」の名前のシールを、たった二列しかない列の後ろの窓ぎわの机に見つけて椅子《いす》を引き、机につっぷすようにしてぼくは座《すわ》った。ちょうど、長谷部《はせべ》結衣の真後ろの席だ。

入学式のあとの顔合わせの時間に、一年生の担任《たんにん》になる浅川《あさかわ》先生が、浦和《うらわ》から引《ひ》っ越《こ》してきたぼくと、市街地からバスで通う結衣のことを簡単《かんたん》に紹介《しょうかい》してくれたので、おたがいに、もとはよそ者だということを知っていた。でも、もちろんいきなりなれなれしく話をしたりはしなかった。そんなふうにできるやつもたくさんいるけど、ぼくはそういうタイプじゃない。

でも、沈黙《ちんもく》、というのはけっこうしんどいものだ。バス通学だよね？　とかなんとか、話しかけてみようかな、と迷《まよ》っていたら結衣《ゆい》のほうが先にくるりとふりかえった。

「ええと。平林《ひらばやし》くん、だったっけ？」

「あ、うん。そうだけど」

「浦和《うらわ》から、よくこんな田舎《いなか》に引《ひ》っ越《こ》してきたね。生活とか……いろいろ大変じゃないの？　むこうは交通も便利だし、なんだってあるでしょう」

「まあね。でも、妹が化学物質過敏症《ぶっしつかびんしょう》っていう病気なんだ。ぜんそくの症状《しょうじょう》が出て、苦しそうなんで、空気のいいところに引っ越したんだ」

「へえ。そんな病気があるんだ。かわいそう……」

結衣の声のトーンが下がった。

「私《わたし》はね、市内の小笠原《おがさわら》っていうとこに住んでるの。南アルプス市の中心みたいなところよ。でもそこの中学校は大きくて、私にはむいてないと思うの。大きい学校っていろいろとウザいんだもの」

ぼくはその説明になんと答えていいかわからなかったので、とりあえず、

「ここは静かだもんな。鳥の声ぐらいしかしないし」

「そうよね。それに、生徒がこれっぽっちだから、勉強もはかどりそうだしね」

げ。勉強がはかどりそう……って、マジか？　もしかして、長谷部結衣《はせべゆい》って超《ちょう》マジメ？

まあいいや、そんなことは。

校庭をぼんやりながめていたら、一人、そしてまた一人、生徒が教室にあらわれた。

五人そろったところで担任《たんにん》の浅川《あさかわ》先生が、きりっとした表情《ひょうじょう》で教室に入ってきた。

「あと一人はまだか。初日から遅刻《ちこく》か……」

と、そこに、ガラガラッ、とすさまじい音で教室の後ろの引き戸が開き、走りこんできた男子が一名。

「やり！　すべりこみセーフじゃん」

はあはあと肩《かた》で息をして、にまっと不敵《ふてき》な笑《え》みをうかべた。そして浅川先生の真正面の空席を見て、

「へ？　ここがオレの席？」

先生と視線《しせん》を合わせ、

「なんで？」

「なんでもへったくれもあっか。慎太郎《しんたろう》。おまえは教壇《きょうだん》にいっとう近い場所に置いとかんと、はた迷惑《めいわく》になる。無事におとなしく入学式をすませられたのは奇跡《きせき》じゃ」

慎太郎と呼《よ》ばれたその生徒は、少し乱暴《らんぼう》に椅子《いす》を引き、ドサッと着席して、

「入学式は、退屈《たいくつ》すぎて寝《ね》とったわ。それにしても、二人も友だちが増《ふ》えるっちゅうハナシで、ゆうべはうれしくて寝つけんかった。それで寝坊《ねぼう》したんだから、大目に見てよ」

慎太郎は結衣《ゆい》とぼくのほうに目をやって、またにまっと笑った。使い古されて黒ずんだ布製《ぬのせい》のカバンはいかにも時代遅《おく》れで、入学式では気づかなかったけど、上履《うわば》きも一人だけ汚《よご》れたままだ。

「今日は午前中ホームルームだけだから、新しく仲間入りした二人に校内を案内するように。みんなはとなりの小学校にいたから中学のこともよくわかっとるが、平林《ひらばやし》くんと長谷部《はせべ》さんは、入学前に一度見学しただけだからな」

浅川《あさかわ》先生は白髪《しらが》まじりの髪《かみ》の毛をかきあげながらいった。

慎太郎《しんたろう》がまず席を立ち、扉《とびら》にむかって歩きだした。

二階建て校舎《こうしゃ》の一階に各学年の教室と職員室《しょくいんしつ》、校長室、給食室に保健室《ほけんしつ》。そして二階に小学校と共有の理科室、音楽室、調理室、家庭科室に図工室、そして図書室とパソコンのある視聴覚室《しちょうかくしつ》がある。慎太郎は音楽室のピアノで「猫《ねこ》ふんじゃった」を弾《ひ》き、調理室では三分クッキングのまねごとをしてふざけてみせた。

学級委員には長谷部結衣《はせべゆい》が立候補《りっこうほ》した。あとで知ったことだけれど、高校入試の際《さい》の内申書《ないしんしょ》の点数をかせぎたかったらしい。長谷部結衣はきっとレベルの高い高校を目指すんだろう。それなら大きな学校のほうが有利なんじゃないのかな、とぼくはぼんやり考えた。

ぼくは、いちばん無難《ぶなん》な配布係《はいふがかり》に手をあげてみたらすんなり決まった。プリントを配ったりする係だ。慎太郎は「人事部長がいい」といったけど、体育係になった。

運動会や球技《きゅうぎ》大会や登山教室、そのほかのいろいろな行事が小中学校合同になることや、地域《ちいき》の行事への参加など、小規模校《しょうきぼこう》の特別な事情《じじょう》について説明を受け、はじめての給食では「ウエルカムメニュー」の、タラの芽の天ぷらを食べて帰った。

桜《さくら》の開花の早い年だとかで、桜吹雪《さくらふぶき》が舞《ま》っていた。早い木はもう葉っぱが出ていて、その緑色が春っぽくてとてもすがすがしかった。

長い上り坂には、これから毎日きつい思いをするのかとうんざりさせられたけれど、まあ、体力もつくだろうとあきらめて、ときどき自転車を押《お》しながら帰ったら、つぐみは午前中で授業《じゅぎょう》が終わったらしく、家の玄関《げんかん》でピコと遊んでいた。

「どうだった？　新しい学校は」

「うん」

「ぜんそくは出なかった？」

「うん」

つぐみはピコの背中《せなか》をなでながら、うなずいてばかりだ。

「中学校は人数少なくて、大きい学校よりは気楽だよ。でも帰り道はきついよ」

つぐみはここではじめて顔を上げた。

「つかれる？」

「うん。まあな」

かあさんのひとりごとがキッチンから聞こえた。

「これじゃちょっと甘《あま》すぎるわ」

「梅干《うめぼ》し、もうちょっと入れてみるか」

「油揚《あぶらあ》げは焼いてから和《あ》えるほうがいいわね」

なずな亭《てい》のメニューで試行錯誤《しこうさくご》しているらしい。

夕飯のおかずに試作メニューが出てくるのはほぼ毎日のことだった。イワシの梅煮《うめに》なんて、何度食べただろう。小鉢《こばち》で出すのは山菜がいいというので、かあさんは自分でワラビやコゴミを採《と》りにいってみたらしい。自分で採れば、もちろんコストがかからない。ぼくにはそのへんのことはくわしくわからないけれど、コストをできるだけ落として、体にやさしくておいしいランチをワンコイン、つまり五百円で提供《ていきょう》するのは、思いのほか骨《ほね》が折れるらしかった。

ごはん屋なずな亭は、五月一日にオープンする予定だった。メニューの考案や試作に限《かぎ》らず、宣伝《せんでん》だって必要だ。まずは店の存在《そんざい》を知ってもらわねばならない。

とうさんとかあさんはちらしをつくって市役所や道の駅に配って歩き、ブログもはじめた。飯島《いいじま》さんも知り合いの店にちらしを置いたりして協力してくれた。とうさんは店や山や周辺の写真を撮《と》りまくってホームページをつくり、二人で店のテーブルやカウンターに山の木の実を飾《かざ》ったり、トイレの中までお客さんが楽しんでくれるように、クロスを敷《し》き、木彫《きぼ》りの小物を置いた。

毎日が和食。毎日が山里定食。でも文句《もんく》はなかった。かあさんのつくる料理は、どれもおいしかったから。

四月もなかばをすぎると、タケノコが出る。かあさんは、飯島さんの親戚《しんせき》の竹林へタケノコを掘《ほ》りにいき、車の荷台をいっぱいにしてきた。そしてその日のうちに大鍋《おおなべ》でゆでて塩漬《しおづ》けにした。その作業を夜中までつづけて、翌朝《よくあさ》は目の下にくまができていた。

ぼくにとってもつぐみにとっても、毎日が新しいことだらけで気ぜわしかったけど、つぐみのぜんそくも落ち着いていたし、とうさんとかあさんは開業準備《じゅんび》に大わらわで、四月はあっという間にすぎていった。

あたたかくなってきたので、ピコは庭の犬小屋に移《うつ》された。最初は人恋《ひとこい》しくてキュンキュン鳴いたけど、三日目には落ち着いた。ぼくも新しい学校生活のペースがだんだん身についてきて、緊張《きんちょう》も解《と》けてきた。南アルプス市に引《ひ》っ越《こ》すと決めてからちょうど一年。ぼくたち家族の田舎《いなか》暮《ぐ》らしも、だんだん板についてきた。

ゴールデンウィークは、家の手伝いばかりになるのかなあと考えていたら、直登《なおと》からメールが来た。

「ゴールデンウィークに、そっちへ遊びにいきたいんだけど、泊《と》めてもらえるかな」

店のオープンがあるので、無理だといわれるかもしれないと思い、こわごわとうさんに聞いてみたら、意外にすんなりＯＫが出た。

さっそく学校で結衣《ゆい》に、南アルプスで遊べる楽しい場所を聞いてみたけど、「今なら山登りよ。櫛形山《くしがたやま》か夜叉神峠《やしゃじんとうげ》まで登れば、北岳《きただけ》や間ノ岳《あいのだけ》がきれいに見えるの。南アルプスの高い山は、そこまで行かないと見えないのよ」

それしかないのか。

「あ、もし夜叉神峠に登るなら私《わたし》も誘《さそ》ってね。五月はまだ白根三山《しらねさんざん》に雪が残っているから、とてもきれいなのよ」

って、メールアドレスまで教えてくれた。さすが山梨育ち。女子なのに山登りが好きだなんて。山ガールってやつ？

6

もしもまだぼくが浦和《うらわ》に住んでいたら、休日に山登りだなんて、もちろんありえない。

はちみつを届《とど》けにきてくれた耕《こう》ちゃんが、

「いやしの里にマウンテンバイクのトレイルコースがあるから、行ってこうし。わくわく度最高で、スリルも満点ずら」

と、教えてくれた。山の斜面《しゃめん》をマウンテンバイクで下りるトレイルがどういうものかを知らないかあさんが、

「あ、つぐみも連れてってね」

って当然みたいな顔でいう。

「つぐみにはマウンテンバイクは無理だよ」

「じゃあ、その夜叉神峠《やしゃじんとうげ》ってとこは？　一本道だから小学生でも大丈夫《だいじょうぶ》って聞いたわよ」

「え～？　そしたらつぐみのペースになっちゃうじゃん」

「いいじゃん。休み休み登れば。第一あんたたちだって登山は初心者なんだから」

引《ひ》っ越《こ》してからやけに押《お》しが強くなったかあさんは、ぐいぐい自分の考えを押しつけてくる。

そのとき、ぼくは思った。

そうだ、結衣《ゆい》も誘《さそ》おう。女子はきっと小学生のちびっこにも親切にしてくれるんじゃないかな。結衣は優等生《ゆうとうせい》っぽいから頼《たよ》りになりそう。ぼくは結衣に教えてもらったアドレスに、さっそくメールを送った。すぐに返事が返ってきた。四月三十日はOKだって。直登《なおと》に、クラスの女子とつぐみもいっしょだと伝えた。直登は女の子もいっしょと聞くと、えへへと笑った。能天気《のうてんき》なやつだ。

ぼくも直登も山登りなんてはじめてだし、経験者《けいけんしゃ》がいっしょに行ってくれるのはありがたい。

直登はぼくと同じであまりスポーツが得意《とくい》じゃない。浦和《うらわ》の中学でもパソコン部に入っている。

ぼくのほうは少人数の学校だから、部活の入部も強制的《きょうせいてき》じゃなかった。中にはどうしてもサッカーがしたいからって、となりの大きな中学校のサッカー部に入れてもらう人もいたけれど、ぼくはこれといってやりたいスポーツもなかったし、下校の自転車こぎでじゅうぶん体は鍛《きた》えられそうだった。

「あんたは、平林家《ひらばやしけ》の料理部に入部してくれればいいわよ」

ってかあさんはいうけど、べつに家で料理の仕込《しこ》みを手伝うのだってそんなにいやじゃない。ぼくの台所仕事は、かあさんいわく、わりとセンスいいほうらしい。

そんなわけで、四月二十九日に特急あずさに乗ってきた直登《なおと》を、ぼくはとうさんと車で韮崎駅《にらさきえき》まで迎《むか》えにいった。

家に着いたら、直登はぼそっとぼくの耳元でささやいた。

「想像《そうぞう》した以上にド田舎《いなか》だな」

夕方いっしょにピコの散歩をしたときも、直登は蔵《くら》のある家々や棚田《たなだ》の景色にいちいち感動して、

「なんかすげーな。ザ・田舎って感じだな」

とか大声をあげたので、野良《のら》仕事をしている人が、けげんな顔つきでこっちを見たり

した。

夕飯には、かあさんが時間をたっぷりかけて煮《に》こんだ野菜カレーを、「うっめー！」と声をひっくり返してよろこんで食べた。

久《ひさ》しぶりに親友とすごす夜はあっという間で、ふとんの中でしゃべっていたら寝《ね》つくのも遅《おそ》く、翌朝《よくあさ》早く結衣《ゆい》からのメールの着信音で目を覚ましたら、すでに八時ちょっと前。つぐみはもうとっくに準備《じゅんび》を終えて庭でピコとじゃれ合っていた。

あわててかあさんの塩むすびとみそ汁《しる》を胃袋《いぶくろ》に流しこんで、車に乗り、まず中学校へむかう。とっくにバスで学校に着いていた結衣を拾って、曲がりくねった山道を夜叉神《やしゃじん》の登山口へむかった。

「下りてきたら電話しろよ。とうさんは今日は帰って、店の看板《かんばん》を立ててるんだ」

といい残し、とうさんはもと来た道を引き返していった。

登山口には入山者の名簿《めいぼ》と、木の杖《つえ》が何本も立てかけられていた。標高が高いので、木々の葉も芽吹《めぶ》いたばかり。風はまだだいぶ冷たい。

「杖、借りるほうがいいかな」

直登《なおと》が不安げにつぶやく。

「私《わたし》は慣《な》れてるからいらないけどね。きみらははじめてだから杖《つえ》があるほうが楽だよ」

と結衣《ゆい》がいったので、初心者組は杖を借りることにした。ミネラルウォーターとおにぎりが三個《こ》ずつ入ったザックはそれなりに重い。つぐみの分もぼくのザックに入っているので、ぼくのザックがいちばん重いのだ。

夜叉神峠《やしゃじんとうげ》までは、子どもの足でも片道《かたみち》一時間と聞いていた。ゴールデンウィークとあって、駐車場《ちゅうしゃじょう》はほぼ満車だ。夜叉神峠の先まで行く人たちは、すでに朝早く出発しているらしく、峠までのハイキングという人たちのグループが何組かいて、にこにこしながら言葉をかけてくれた。熊鈴《くますず》を下げている人もいたので不安になり、

「熊出るのかな」

というと、結衣は、

「熊はもう活動期。だけど、これだけ人がいればまず大丈夫《だいじょうぶ》よ。熊ってもともと、とても臆病《おくびょう》なの。人の声がすれば近づいてはこないわよ」

平気な表情《ひょうじょう》だった。つぐみは、いつものように黙《だま》ってぼくの後ろを歩いてきたけど、

結衣《ゆい》がヨロシクねって笑顔を見せてからは、だれがいちばん頼《たよ》りになるかをすばやく察《さっ》知《ち》したらしく、結衣の後ろにピッタリくっついていた。

「さ、行こうか」

結衣が先頭を歩きだした。つぐみがその後ろを、そして直登《なおと》、ぼくは最後尾《さいこうび》だ。

登山道とはいえ、きちんと整備《せいび》されているとはいいがたい、ゴロゴロと石の多い道だ。あとから登ってきた登山のベテランらしい人たちが、軽い足どりでぼくらを追《お》い越《こ》していく。道は蛇行《だこう》していて、カーブにところどころ座《すわ》って休める石もあるのに、先頭を行く結衣がなかなか休もうといわない。登りはじめてそうそうに男子のぼくらがつかれたとはいえず、つぐみがはあはあ肩《かた》で息をしながら「待って」といってくれたときには、正直ほっとした。

「あ、つぐみちゃん、つかれたよね。ごめんね。いきなり飛ばしすぎたかな」

結衣が道端《みちばた》の石に腰《こし》をおろすと、すぐにつぐみも座りこんだ。荷物なんかないに等しいくせに、もうギブアップみたいな顔をしている。とはいえ、直登もぼくも、結衣から見れば、つぐみと同じようにバテバテに見えていたにちがいない。

水を飲んで、十分くらい休憩《きゅうけい》した。再度《さいど》歩きだすと、今度はもっと早く、つぐみが音《ね》を上げてしまった。このままじゃ、無事、夜叉神峠《やしゃじんとうげ》まで登れるかどうか、あやしいじゃないか。とはいえ、つぐみを置いていくわけにもいかないし。

せめて小学校三年生の普通《ふつう》の体力があればちがうのだろうが、もともと病弱なつぐみには、こんなに体力の要《い》る山登りなんて無理だったんじゃないのか。ぼくはとうさんに同行を頼《たの》まなかったことを悔《く》やんだ。悔やんでも、もう、ここまで来てしまったからには先へ進むほかにはない。

少し登っては休み、また少し登っては休む。そうしながら登るより仕方なかった。兄としては、なんだか直登《なおと》と結衣《ゆい》にすまない気持ちで、つぐみの頭の後ろ側をつんつんとつっつきながら登った。つぐみは何度も小石にすべって転びそうになったり、地面からつきでている大きな石につまずきながら、口を開けて肩《かた》で息をしたかと思うと、今度は口を一文字に結んで食い入るように前を見つめながら、必死についてきた。

そして、結衣がふりむいて、

「あ、ここまで来ればもうすぐだからね。つぐみちゃん、がんばろう」

と笑顔でいったときには、もう時間はお昼に近づいていた。普通《ふつう》なら、一時間半ほどの道のりを、三時間もかけたことになる。

低い笹《ささ》やぶの中の細い道を少しだけくだったかと思うと、最後に短い急な坂道をふたたび登って、そして、突然《とつぜん》、視界《しかい》が開けた。

とうとう、ぼくらは白根《しらね》三山《さんざん》の大きな山々を目にした。

「わあ〜！」

四人とも、しばらく口がきけなかった。

北岳《きただけ》、間ノ岳《あいのだけ》、農鳥岳《のうとりだけ》の高峰《こうほう》が連なり、真っ白な雪が山肌《やまはだ》を覆《おお》っている。これが、南アルプスなんだ。

富士山《ふじさん》は見慣《みな》れていたし、八ヶ岳《やつがたけ》も毎日のように遠くにながめていた。でも、目の前の南アルプスは迫力《はくりょく》がちがう。

青く澄《す》んだ空と白くかがやく雪。三峰《さんぽう》は、圧倒的《あっとうてき》な美しさと神々《こうごう》しさでぼくらを見下ろしていた。

「すげえな」

「すげえ」

それ以外の言葉は思いつかない。

つぐみは、まだ肩《かた》で息をしながら目を細くして、大きな山々をじっと無言で見つめていた。結衣《ゆい》は、口の端《はし》に笑《え》みをうかべていた。

「登ってきた甲斐《かい》があったでしょ」

まるで、自分の山を自慢《じまん》するみたいだ。

夜叉神峠《やしゃじんとうげ》一七七〇と書かれた標識《ひょうしき》の前で、みんなで写真を撮《と》った。小さな売店もあって、そこに常駐《じょうちゅう》しているおじさんが、シャッターを押《お》してくれた。

テントを張《は》るスペースや山の神様をまつったほこらがある。衛生的《えいせいてき》なトイレもあって、不自由はなかった。ぼくは三千メートルを超《こ》える山をこんなに近くで見たのは生まれてはじめてだった。大自然に抱《いだ》かれているというのは、浄化《じょうか》されているような、不思議な感覚だ。

ベンチに座《すわ》って、水を飲み、かあさんがにぎってくれた梅干《うめぼ》し入りのおにぎりをほおばると、おなかも心も、味わったことのない充足感《じゅうそくかん》に満たされた。

結衣《ゆい》が、直登《なおと》の顔を見て、

「あのね、私《わたし》、東京の高校に行きたいんだ」

唐突《とうとつ》に話しだした。

「私、考古学者になりたいの。そのために一生懸命《いっしょうけんめい》勉強したい。十三歳《さい》でそんな夢《ゆめ》を持ってるのって変かな。変わってるってよくいわれるけど、東京のレベルの高い高校に進んで、一流の大学に入りたいんだ。そうじゃないと、世界のトップクラスの考古学者にはなれないから」

ぼくと直登はびっくりして、ただ「へえ」って口を開いてうなずいた。結衣はなんかすごい。なんかすごいってことしかわからないけど、ぼくも直登も、将来《しょうらい》こうなりたいとか、就《つ》きたい職業《しょくぎょう》とか、まだ全然決まっていない。

「エジプト文明とか、アンデスの古代帝国《ていこく》とか、むちゃくちゃあこがれるじゃん」

結衣のキラキラ光る瞳《ひとみ》は、普通《ふつう》の女の子と変わらないのに、口から出る言葉は普通じゃない。でも、将来の目標が決まっているっていうのは、うらやましいことでもあった。

だれかに、「大人になったらどんな仕事に就きたいか」と聞かれても、ぼくははっきり答えられない。

いつまでも山々を見ていたかったけれど、そうもいかない。登るのがはじめてなら、下りていくのもはじめてだ。油断《ゆだん》は禁物《きんもつ》。一時間の休憩《きゅうけい》のあと、ぼくらは登山道をくだりはじめた。少しひざがガクガクしたものの、登りよりももちろん下りは楽《らく》だった。

つぐみは小石ですべらないように用心深く足を運んでいたし、結局、駐車場《ちゅうしゃじょう》まで一時間で着いた。水は全部飲んでしまっていたので、自動販売機《はんばいき》でサイダーを買って飲んでいると、とうさんの車が迎《むか》えにきた。

「どうだった？」

とうさんの質問《しつもん》に、どう答えようかと考えていると、つぐみが先に答えた。

「すご〜く、きれいだった」

つぐみの、そんなうれしそうな張《は》りのある声を聞いたのは、はじめてのことだった。

帰ってみると、駐車場の前には、「山のごはん屋なずな亭《てい》」と緑色の文字がならんだ木の看板《かんばん》が立っていた。

7

その翌日《よくじつ》は、山のごはん屋なずな亭《てい》のオープン初日だった。かあさんはものすごくピリピリしていて、話しかけるのも気が引けるぐらい、体中に緊張感《きんちょうかん》がみなぎっていた。

それで、ぼくらは予定を早め、ちょっと飯島《いいじま》さんに無理をいって、いやしの里のトレイルコースに遊びにいくことにした。せっかく直登《なおと》が遊びにきているのだから、変に気をつかわせるのも悪いな、と思ってのことだ。

ゴールデンウィーク中はトレイルの予約もたくさん入っていたけれど、飯島さんと耕《こう》ちゃんは、「なんとかなるよ」と、マウンテンバイクを二台確保《かくほ》しておいてくれた。

トレイルコースはもともと、廃校《はいこう》になった小学校の生徒たちが、かつて通学路として利用していた林間の古道を、飯島さんたちが整備《せいび》したものだ。大人も子どもも楽しめるこのコースは近ごろ人気が高まっているらしい。

行きは山登りみたいできついけど、下りはスリル満点。うまくカーブを曲がったり、デコボコを乗《の》り越《こ》えられたときはうれしいし、春の林は土と若葉《わかば》のにおいがして、とても気持ちよかった。

注文してあった弁当《べんとう》は、地域《ちいき》のおばあちゃんたちの手づくりで、から揚《あ》げと煮物《にもの》と漬《つ》け物《もの》が入っていてとてもおいしかった。

なずな亭《てい》のオープン初日のメニューは、かあさんが試行錯誤《しこうさくご》の末にやっとレシピを完成させたイワシの梅煮《うめに》と、フキとタケノコの煮物の小鉢《こばち》、それにタケノコとワラビと油揚《あぶらあ》げのみそ汁《しる》、そしてキビごはん。ゴールデンウィーク中だけ、オープン記念として特別に、きなこと黒蜜《くろみつ》のかかったよもぎのだんごがサービスされる。もちろんこれも手づくり。

かあさんはお気に入りの草木染《くさきぞ》めのエプロンを着て、とうさんとおそろいのインド綿《めん》のバンダナを頭に巻《ま》いていた。

つぐみは、庭でおとなしくピコと遊んでいる。

いつもとちがうのは、大きな鍋《なべ》で煮た魚のにおいが家中にたちこめていたことだ。

トレイルコースでじゅうぶん楽しんで帰ると、かあさんはキッチンの片《かた》づけをしていた。とうさんはいくぶんか背中《せなか》を丸めてつぐみとピコのそばにしゃがみこみ、雑草《ざっそう》を摘《つ》まんでぬいていた。

「おかえりなさい」

キッチンから聞こえた声はいつものかあさんの声よりいくらか低かったし、洗い物《あらもの》に追われている雰囲気《ふんいき》はまったくしない。なんとなく、お客さんの入りを聞かないほうがいいような気がしたので、ぼくと直登《なおと》はキッチンの脇《わき》を素通《すどお》りしてぼくの部屋へ直行した。

部屋に入ると直登が、小声でいった。

「あまりお客さんが来なかったのかな」

「うん。そんな感じだな」

「おばさん、がっかりしてるみたいだな」

「たぶんな。はりきってたからな」

「なんか、いづらい感じだな」

「まあ、仕方ないよ。それより、今日の夕飯は大量に残ったイワシの煮《に》たやつかもよ」

「うちとちがって越《えつ》のかあさんの料理はなんでもおいしいから、べつになんだっていいけどさ」

　ぼくは一人でキッチンへ行き、

「汗《あせ》かいたから、シャワー使うよ」

というと、かあさんはふりむいて、気をとりなおしたように笑顔になった。

「あ、直登《なおと》くん明日帰っちゃうんでしょ。ちょっと早いけど、端午《たんご》の節句《せっく》が近いから、ショウブの葉を摘《つ》んできてあるのよ。もう夕方になるから、二人でお風呂《ふろ》に入っちゃいなさい」

　そういって風呂をわかしに立った。残されたキッチンはなんだかとても静かで、大鍋《おおなべ》のふたをそっととってのぞいたら、やっぱりイワシの梅煮《うめに》はたくさん残っていた。

　浦和《うらわ》のマンションの風呂とちがって足がのばせるゆったりしたバスタブはなく、二人がやっと入れる四角くて深い風呂だ。ぼくと直登は、お湯をこぼしながら二人で首までつかり、ショウブの葉をゴシゴシもんだ。かあさんはそういう古くからの習わしみたいなことが好きだから、うちでは毎年ショウブ湯に入るけど、直登ははじめてだという。

「フシギなにおいだな。葉っぱの風呂」
といいながら、それでも、男の子の健康を祈《いの》っての行事だと教えると、これでもかって
いうくらい、ショウブの根元のあたりを力強くもんで、エキスをしぼりだしていた。
「あとさ、こうするといいらしいぜ」
ぼくがふざけて、ショウブの根元をにぎり、葉先で直登《なおと》の頭のてっぺんを軽くはたく
と、直登も正面からぼくの顔をくしゃくしゃこすった。
「なんだよ」
「先にやったのはどっちだよ」
最後にはシャワーから水を出して、頭の上から水のかけあいになった。
「なんだよ。山の水は冷てえな」
「あったりまえだろ」
シャワーの水で風呂《ふろ》はどんどんぬるくなり、あまりの長湯にかあさんが心配して見に
きたときには、二人の体は水シャワーですっかり冷えていた。かあさんはあきれながら
お湯をたきなおしてくれた。

長湯のせいですっかり腹《はら》ぺこのぼくらは、大皿に山盛《やまも》りになったイワシの梅煮《うめに》をほとんど二人で平らげた。

「この梅煮はうめーなあ」

とうさんがウケないダジャレを連発すると、

「ほんとにうめえ、うめえ。うちじゃ魚料理なんてシャケかアジを焼くぐらいっす。煮魚なんて旅館で食べたことしかないもんね」

直登《なおと》はキビごはんを三回おかわりした。ぼくにとってはめずらしくもないイワシの煮物は、直登にとってはめったに食べられない「おふくろ系《けい》料理」で、ごちそうだった。

タケノコとフキの煮物も大好評《だいこうひょう》で、直登はなずな亭《てい》のお客さんのために用意してあったおかずを全部食べてしまった。もちろん、よもぎだんごも。

とうさんとかあさんは缶《かん》ビールを開けて、

「まあ、まだまだこれからだよ」

とうさんがかあさんのグラスにビールをつぐと、

「そうよね。でも、集落の人がだれも来てくれなかったのはちょっとさみしいけど」

かあさんはぐいっとビールを飲みほした。つぐみはいつものように静かに食事を終えて、よもぎだんごをほおばった。

前日の山登りと今日のトレイルで、いつになくつかれた体を直登《なおと》といっしょに横たえる。天井《てんじょう》はマンションの部屋より高く、ガラス戸をなでる風の音がした。

「なあ」

直登の声がふとんの中から聞こえてきた。

「おまえずっとここで暮《く》らすつもり？」

そんなこと、まだ決めてなんかいない。

「わかんねえよ。引《ひ》っ越《こ》してひと月たって、やっと慣《な》れてきたばっかだもん。これから先のことなんて、決められるわけないじゃん」

「まあ、それもそうだよな」

「そうだよ」

直登は、天井を見つめたまま、ふうと小さく息を吐《は》いた。

「あのさ、思うんだけど、中学っていろいろむずかしいんだな。クラスになじむのも」

「そう？」

「うん。なんか、自分がういちゃってる気がすることなんて、しょっちゅう……」

「へえ」

「なあ、越《えつ》さ、夏休みはおれんちに来いよ。塾《じゅく》の夏期集中コースもあるし、塾生じゃなくても申しこみできるからさ」

「ああ、塾ね。うん、考えてみる」

「約束な」

「約束はできないけど、たまには都会の空気吸《す》うのもいいかもね」

「そんでさ、越は浦和《うらわ》の高校に進むとかさ」

「マジかよ」

「マジだよ。寮《りょう》がある高校だってけっこうあるしさ」

ぼくは黙《だま》ってしまった。高校進学のことも、そういえば考えなきゃいけないのか。でも、いきなりこんな山奥《やまおく》に引《ひ》っ越《こ》してきて、新しい生活に慣《な》れるので精《せい》いっぱい。まだそこまで考えられない。

「まあ、これから考えるよ」

というと、

「なんかな。やっぱり越《えつ》といるのが気楽で楽しいんだよね」

それはぼくだってそうだ。幼稚園《ようちえん》からつきあっている から、気心が知れている直登《なおと》と行動するのがいちばん楽しい。

ごはん屋なずな亭《てい》のオープン初日のお客さんは、市外からドライブに来て、インターネットで検索《けんさく》して立ちよってくれた三組のみで、かあさんにとっては少しがっかりなスタートだった。地元の人が、一人も来てくれなかったことで、かあさんはきっと気落ちしたんだろう。

8

十時二十分発の特急あずさ号に乗って、直登《なおと》は帰っていった。かあさんがタケノコごはんのおにぎりをつくって持たせた。

韮崎駅《にらさきえき》でとうさんがおみやげの信玄餅《しんげんもち》を買って、直登に渡《わた》していった。

「また山の空気を吸《す》いにこいよ」

電車が線路をすべりだし、水面の光る田んぼの中を去っていくのを見ていたら、なんだか急にひとりぼっちになった気がして、いっしょに見送りにきたつぐみの肩《かた》になんとなく手を置いた。つぐみはぼくを見上げて、

「富士山《ふじさん》見える」

とつぶやいた。ホームから、春のぼんやりした空気にかすんだ富士山が、涙《なみだ》でほんの少しにじんで見えた。

かあさんは朝から気をとりなおして、元気にまた大鍋《おおなべ》でイワシの梅煮《うめに》をつくり、

「今日の小鉢《こばち》は、コゴミのくるみ和《あ》えにするの」

と、朝からイワシとコゴミを仕入れて、はりきっていた。

直登《なおと》を送って帰ると、まだお昼前でお客さんはいなかったが、かあさんはキッチンのカウンターに定食用のトレイをセットしてみそ汁《しる》の味見をしていた。

「うん。おいしい。この煮干《にぼ》しだしのきいたみそ汁だけでも、具だくさんだからおかずになるのよねえ」

満足げにうなずいて、

「あ、リビングにお昼ごはんの準備《じゅんび》はしてあるからね。とうさんは早く食べて、手伝いの支度《したく》してくれる？」

「ラジャー」

とうさんが居間《いま》へ入っていった。昼ごはんは直登と同じくタケノコごはんのおにぎりだった。毎日食べても食べきれないタケノコは、いろいろな料理になってぼくたちの胃《い》袋《ぶくろ》におさまる。これまでタケノコのやわらかい穂先《ほさき》ばかり食べていたつぐみは、今年になってから太くてかたい部分も懸命《けんめい》にかみながら食べている。

お昼少し前に、下の川沿《かわぞ》いのキャンプ場に来たらしい家族が、大きなワゴン車を駐車場《ちゅうしゃじょう》に止めた。家族構成《こうせい》がうちと同じで、車は東京の練馬《ねりま》ナンバーだ。店に入ってくると、

「わあ、いいにおいがするわね」

青いコットンのシャツを着た母親らしき人が、うれしそうに席に座《すわ》り、小学生くらいの子どもたちがキョロキョロ店内を見まわしながら、テーブルにつくと、

「あ、ワンメニューなんですよね。ここ、ネットで見たんです。ワンコイン・ワンメニューって」

「そうです。日替《ひが》わりの定食だけなんですけど、いいですか？　今日はイワシの梅煮《うめに》とコゴミっていう山菜の小鉢《こばち》ですけど。調味料も食材もすべて自然のものです」

かあさんが答えた。

「わあ、おいしそうですね」

仲のよさそうな家族は窓《まど》ぎわのテーブルについて、窓から甲府盆地《こうふぼんち》のむこうに見える富士山《ふじさん》の景色に見入った。

母親らしき人が、テーブルのすみの一輪《いちりん》ざしに、なずながさしてあるのに気づいた。

「あ、なずなですね」

「あ、はい。そうです」

かあさんが笑顔になる。

「春の七草ですよね。別名ペンペン草。っていうと、いかにも雑草《ざっそう》みたいですけど、なずなも春のやわらかいうちは食べるとおいしいんですってね。東京の原っぱに生えているのは、なかなか摘《つ》んで食べる気にはならないけど、このへんのなずななら食べてみたいなあ」

そしてランチを平らげて、

「ごちそうさま。とってもおいしいお料理でした。この、ごはんに入っている黄色い粒《つぶ》はなんですか？」

「キビですよ。体にいいんです。ホントはもっといろんな雑穀《ざっこく》を入れたいんですけど、できれば顔を知ってる人がつくったものがいいと思って。キビはこのすぐ上の畑のものです」

「ご自分でつくっていらっしゃるんですか」

「いいえ。ここに昔から住んでらっしゃる方が、休耕田《きゅうこうでん》に植えたみたいで」

そして、かあさんは、ちらっと駐車場《ちゅうしゃじょう》に目をやり、

「あの……今日はキャンプされるんですか。もしよかったら、キビごはん、少し持っていきます？　お醤油《しょうゆ》かおみそつけて炭火で焼きおにぎりにすると、香《こう》ばしくておいしいですよ」

「ええ？　いいんですか？」

おかあさんらしき人は大よろこびだ。

「ええ。あまりお客さんも来ないみたいだから、あまっちゃいそうだし。どうぞどうぞ」

かあさんは、キッチンの戸棚《とだな》から大きなフードパックを出して、キビごはんをつめた。

「わあ。ありがとうございます。あの、五日に東京に帰るんですけど、帰りも寄《よ》らせてもらいます。キャンプ場のチェックアウトがちょうど十一時なので」

「ありがとうございます。お待ちしてます。それなら、五日はなずなを使った小鉢《こばち》にしますから」

「ホントですか。楽しみです」

家族は、なずなについてわいわいおしゃべりしながら店を出ると、土煙《つちけむり》をあげて走り去った。

「あんなにごはんあげちゃって、大丈夫《だいじょうぶ》なの？」

とうさんが心配そうに炊飯器《すいはんき》をのぞいた。

「大丈夫よ。だってもう十二時すぎてるのに、ほかにお客さんなんか来ないじゃない」

とうさんは、庭でいっしょに穴掘《あなほ》りをして遊んでいるつぐみとピコを窓越《まどご》しに見た。

「あ〜あ。あいつらはのん気でいいな」

「仕方ないわよ。それよりもうちょっと宣伝《せんでん》方法も工夫《くふう》しなきゃ。それに五日のなずなの料理も考えないと……」

かあさんが肩《かた》をすくめた。

一時近くになって、飯島《いいじま》さんと耕《こう》ちゃんがお昼を食べにきた。二人とも、かあさんの料理の腕《うで》をほめちぎり、五百円でこんなおいしいものは普通《ふつう》は食べられないといい、いやしの里のホームページやフェイスブックに載《の》せるといって、料理の写真をたくさん撮《と》った。

「地元の人が来てくれないんですよね。それがなんだかさみしいんですけど」

かあさんが飯島《いいじま》さんにぼやいた。

「ああ……まあ……そのうち、おいしいって評判《ひょうばん》がたって、近所のじいちゃんやばあちゃんたちも来るようになると思うけど……」

飯島さんが歯切れの悪い返事をしながら、窓《まど》の外に目をやったときだ。

ゴン、という鈍《にぶ》い音が駐車場《ちゅうしゃじょう》のほうから聞こえた。そしてまた、ゴン、とたてつづけに音がした。とうさんが首をかしげながら外に出た。

「あ、あああ、やめてください」

駐車場にむかって走った。物騒《ぶっそう》な空気に、全員が立ち上がってドアを出ると、いかつい顔をしたおじいさんが、とうさんが立てた店の看板《かんばん》の支柱《しちゅう》を杖《つえ》でたたいている。まるで倒《たお》そうとしているみたいに。

「やめてくださいよ、時田さん」

飯島さんが止めにかかる。

「時田さん、やめろし。やめんと営業妨害《えいぎょうぼうがい》されたって警察《けいさつ》に電話しちまうよ」

耕《こう》ちゃんが声をあらげた。

時田さん、と二人が呼《よ》んだそのおじいさんは、飯島《いいじま》さんと耕ちゃんを交互《こうご》ににらみつけ、ふんと鼻を鳴らした。とうさんとかあさんは、ぼうぜんとつっ立ったまま、成り行きを見守っていた。

「ふん。都会もんがこんなところで商売したって、うまくいくもんかい。わしらはここで生まれてこのかた、ずうっとこの集落でやってきたんに、よそもんが来て商売はじめたって、だれが客になるもんか。麦畑しかなかったころから、わしらが汗《あせ》流して土耕《たがや》して、山開いて、田んぼつくって、スモモや桃《もも》の木植えて育てて、やっとここまできたんに、ひょっこり越《こ》してきた来たりもん（よそ者）が、ここで遊び半分に商売はじめたって、うまいことといかさん。とっとと町場《まちば》に帰れし」

おじいさんは、看板《かんばん》の足元にぺっとつばを吐《は》き、耕ちゃんのひざをジーンズの上から杖《つえ》でぐっとついて、もう一度ふんと鼻を鳴らしてから、体の向きを変えて歩きだした。よろよろしながら坂道をのぼっていく後ろすがたを見ながら、耕ちゃんが吐きすてるようにいった。

「頑固《がんこ》ジジイが。あの古くさい脳《のう》みそは、どうにもならんだ」

かあさんが、肩《かた》を落とした。

「田舎《いなか》に移住《いじゅう》した人の体験談とか、雑誌《ざっし》で読んだことありますけど、全部すんなりといくわけじゃないんですね」

店に入って、みんなではちみつ入りのしょうが湯を飲んだら少し元気が出て、飯島《いいじま》さんと耕《こう》ちゃんは、「なずな亭《てい》を宣伝《せんでん》しなきゃ」と何度もいいながら帰っていった。

結局、二時をまわって閉店《へいてん》近い時間に、新緑を見にきたという中年夫婦《ふうふ》が寄《よ》ってくれたけど、それっきりお客さんは来なかった。

また大量にあまったイワシとこごみの和《あ》え物《もの》を持って、夕方おかあさんは棚田《たなだ》の中の道を、名取《なとり》さんの家にむかった。こんな調子では、お米やキビの値段《ねだん》も、もう少し下げてもらわなきゃ、超《ちょう》赤字になっちゃう、とつぶやきながら。

夕方になると、集落のおじいさんやおばあさんたちが、散歩に出てきて店の前を通るけど、みんなちらりとこっちを見るのに、すぐに視線《しせん》をそらしてしまう。

「なんかなあ」

とうさんが庭からそれを見て、一瞬《いっしゅん》しぶい顔になったけど、ぼくらのほうをむいて目じりを下げた。

「まあいっか。二人ともいっしょにピコの散歩でもするか」

ピコはもう、「さんぽ」という言葉に反応《はんのう》してシッポをぶんぶんふるようになった。

三人と一匹《ぴき》で、棚田《たなだ》の中をのぼっていくと、坂道の上からくだってくるかあさんが見えた。

手に、家を出たときのまま、料理の入った包みをさげていた。近づくにつれて、顔の表情《ひょうじょう》がはっきりしてくる。かあさんは、ぼくらに気づいて少し笑った。でも、目が笑っていなかった。つぐみが、かあさんに走りよってまとわりついても、やっぱりいつものかあさんの笑顔はもどらない。とうさんがちょっと心配そうに、

「いっしょに散歩しようか」

というと、かあさんは頼《たよ》りなさそうにうなずいた。

春の夕暮《ゆうぐ》れどきはまだ少し冷えてきて、つぐみは冷たくなった手のひらを自分のほっぺたにくっつけた。かあさんの放つ空気がどんよりしていたから、自然に足どりが重く

なる。ピコだけが元気で、水路を何度も楽しそうに飛《と》び越《こ》えた。

しばらくみんな口を閉《と》じたままだったけど、かあさんが軽いため息のあとに口を開いた。

「来たりもんとかかわると、ろくなことにならないって」

とうさんが、眉《まゆ》をひそめた。

「名取《なとり》さんがそんなことを？」

かあさんが力なく首を横にふった。

「時田さんがそんなふうにいいまわっているらしいの。この集落の昔からの地主さんで長老みたいな人らしいから」

「それで……？」

「名取さん、もううちにお米もキビも売ってくれないみたい。よそ者と親しくすると、なんていうかな、にらまれちゃう、みたいな……。暮《く》らしにくくなるんでしょうよ。いろんなことで」

だれも、言葉を返せなかった。まだよく事情《じじょう》を理解《りかい》できないつぐみだけは、ピコをなでたり、道端《みちばた》の花に手をのばしたりしていた。ぐるりと集落をまわり、すれちがう人に会釈《えしゃく》をしながら、ぼくらは重たい気持ちのまま家に着いた。

きのうもイワシ、今日もイワシ。いつまでイワシでごはんを食べなきゃいけないのかわからなかったけど、でもぼくは飽《あ》きていなかった。かあさんが、鍋《なべ》に残ったイワシの梅煮《うめに》をさっぱりと大根おろしで和《あ》えたり、大葉を巻《ま》いて揚《あ》げ物《もの》にしたり、いろいろにアレンジしてくれたからだ。

五月五日はキャンプの帰りに寄《よ》るといっていた東京の家族が、約束通りお昼ごはんを食べにきてくれた。同じおかずを二度食べてもらうのは申《もう》し訳《わけ》ないからといって、その日朝早く、かあさんはなずなのやわらかそうな若芽《わかめ》を摘《つ》みにいき、なずなの天ぷらを揚げて、イワシの梅煮じゃなく、サバのみそ煮をつくった。みそも、かあさんは山梨のみそ屋さんを何軒《なんげん》かまわり、添加物《てんかぶつ》の入っていないみそを選んであった。

キャンプで肉料理に飽きたらしい東京のファミリーは、やさしい味のサバのみそ煮となずなの天ぷらを、とてもよろこんだ。

駐車場《ちゅうしゃじょう》へ出て、彼《かれ》らを見送ってから、かあさんがポツリとつぶやいた。

「このさい、地元のお客さんが来てくれなくても、こうしてリピーターさんが増《ふ》えてくれればいいけど……」

結局、ゴールデンウィーク中、店に来てくれたお客さんは十組にも満たなかった。予想していたより、山里での商売はずっときびしいのかもしれない。

残ったなずなの天ぷらは、そのへんの野原に生えている草とは思えないくらい、おいしかったんだけど。

9

ゴールデンウィークが終わって、学校では総合《そうごう》学習の時間、畑に野菜の苗《なえ》を植えた。

「山間地でなければ四月に植えてしまう畑がほとんどだけど、ここは標高が高い分、気温は低いから、五月に植えるのがいいんだ」

作業着を着て首にタオルを巻《ま》いた浅川《あさかわ》先生が、スコップを片手《かたて》に説明した。

山間部の学校の畑は、町の学校の小さな菜園に比《くら》べて当然本格的《ほんかくてき》だ。植える野菜も、キュウリ、ナス、ピーマン、トマト、オクラ、カボチャにスイカ。小学校の低学年生はミニトマト。収穫《しゅうかく》したら給食にも使うし、調理実習で自分たちでも料理する。

土を耕《たがや》してうねをつくるのは力の要《い》る仕事で、ぼくは大汗《おおあせ》をかきながら懸命《けんめい》に鍬《くわ》や鋤《すき》を土に入れたけど、要領《ようりょう》が悪くてうまくうねが立たない。

「ガハハハハ」

慎太郎《しんたろう》が大声でぼくの格好《かっこう》を笑った。

「都会もんのへっぴり腰《ごし》は見とって飽《あ》きんさあ」

慎太郎は耕《たがや》すのも、うねを立てるのも、サボってばかりで、ろくに自分の体を動かさず、ニヤニヤしながらミミズと遊んでいる。

「慎太郎のずくなし（根性《こんじょう》なし）が。ちゃんと鍬《くわ》持って働けし」

浅川《あさかわ》先生にドヤされて、慎太郎はしぶしぶ立ち上がり、「はっ」っとひと息、気合いを入れて、鍬をふった。鍬はザクリと音をたてて、ぼくの鍬より相当深くまで土に食いこんだ。

「やるじゃん」

結衣《ゆい》がぼそっとつぶやいた。

慎太郎は、ぼくが十分かけて耕す面積を三分で耕した。そして、サクサクと鋤《すき》を使って腐葉土《ふようど》を土にまぜこみ、うねを立てていった。

正直ちょっとはずかしかったけれど、経験《けいけん》不足なのは仕方がないことだ。野菜の苗《なえ》を植えつけながら、土まみれの軍手で汗《あせ》をぬぐったら、顔中に土がくっついた。それを見

て慎太郎《しんたろう》がまた、

「ガハハハハ」

と笑った。

雨の日以外は、毎日朝と放課後に水やりをした。慎太郎が水やりもサボってばかりいたから、結衣《ゆい》がバス待ちの時間、かわりに水やりをした。南アルプス市で生まれ育ったとはいえ町なかの住宅街に家がある結衣にとっても、野菜づくりは初体験らしく、わりと楽しみながら水やりをしていた。

「本当は水のやり方もとても大事なんだ。水やり三年といって、上手な水やりを体で覚えるには三年はかかるというんだよ」

ぼくのへたな水やりを手伝いながら、浅川《あさかわ》先生が教えてくれた。ナスやキュウリは水をたくさんやるといいけど、トマトやカボチャは少なめでいいとか、野菜の種類によってもちがうらしかった。

快適《かいてき》な春は短い。あっという間に、通学路の山の斜面《しゃめん》にだいだい色の山つつじが咲《さ》きはじめた。登校はそれでも朝の風が心地よいけど、下校の地獄《じごく》の上り坂で一気に汗《あせ》が流

郵便はがき

料金受取人払郵便

牛込局承認

9356

差出有効期間
2021年10月31日
(期間後は切手をおはりください。)

162-8790

東京都新宿区市谷砂土原町 3-5
偕成社 愛読者係 行

ご住所	〒□□□-□□□□ 都・道 府・県 フリガナ	
お名前	フリガナ	お電話 ★目録の送付を［希望する・希望しない］

★新刊案内をご希望の方：メールマガジンでご対応しておりますので、メールアドレスをご記入ください。

@

書籍ご注文欄

ご注文の本は、宅急便により、代金引換にて1週間前後でお手元にお届けいたします。本の配達時に【合計定価（税込）＋ 送料手数料（合計定価 1500 円以上は 300 円、1500 円未満は 600 円)】を現金でお支払いください。

書名		本体価	円	冊数	冊
書名		本体価	円	冊数	冊
書名		本体価	円	冊数	冊

偕成社 TEL 03-3260-3221 ／ FAX 03-3260-3222 ／ E-mail sales@kaiseisha.co.jp

＊ご記入いただいた個人情報は、お問い合わせへのお返事、ご注文品の発送、目録の送付、新刊・企画などのご案内以外の目的には使用いたしません。

★ ご愛読ありがとうございます ★
今後の出版の参考のため、皆さまのご意見・ご感想をお聞かせください。

●この本の書名『 』

●ご年齢（読者がお子さまの場合はお子さまの年齢） 歳（ 男 ・ 女 ）

●この本の読者との続柄（例：父、母など）

●この本のことは、何でお知りになりましたか？
1. 書店 2. 広告 3. 書評・記事 4. 人の紹介 5. 図書室・図書館 6. カタログ
7. ウェブサイト 8. SNS 9. その他（ ）

ご感想・ご意見・作者へのメッセージなど。

ご記入のご感想を、匿名で書籍の PR やウェブサイトの感想欄などに使用させていただいてもよろしいですか？ 〔はい・いいえ〕

れる季節になった。

山のごはん屋なずな亭《てい》は、平日はお客さんがほとんどこなかった。ときどき、田舎《いなか》料理のお店をまわるのが好きで、ネットで知りましたといって、ランチを食べにきてくれるお客さんがいる程度《ていど》。とうさんは看板《かんばん》をつくったり、「なずな亭こちら」と矢印を書いた小さな道しるべをつくって分かれ道に立てたりもした。

とうさんが個人《こじん》ではじめたウェブデザイナーの仕事も、会社勤《づと》めしていたころのお得《とく》意《い》さんからたまに依頼《いらい》があるだけで、軌道《きどう》にのったとはいいがたく、どう見てもわが家の経済状態《けいざいじょうたい》は安定しているとはいえなかった。

とうさんは、できるだけあせりや不安は見せまいとしていたけど、庭の草とりをしている背中《せなか》がなんとなく小さく見えた。マンションの部屋を売った貯金《ちょきん》はリフォームでだいぶ減《へ》ったみたいだし、生きていくには貯金を切りくずすしかない。

ぼくの塾《じゅく》の月謝《げっしゃ》とか電車賃《でんしゃちん》はかからないわけだから少しは家計に貢献《こうけん》しているかな、なんて思っていたところに、直登《なおと》から、塾の夏期集中コースの案内が届《とど》いた。夏休みのあいだ、短期で申しこめるコースだ。ぼくは直登が、浦和《うらわ》の高校に進んだらといっていたのを思いだした。受講《じゅこう》の費用《ひよう》も安くないけど、久《ひさ》しぶりに都会の空気を吸《す》いたいのも本音だ。

ぼくは思いきってとうさんに、塾《じゅく》のパンフレットを見せた。

「これ、行ってもいいかな。期間中は直登《なおと》の家に泊《と》めてくれるって」

とうさんは、「ふ〜ん」といいながらパンフレットをながめ、

「行きたいならいいよ、行っても。まあ、かあさんにも聞いてみて」

と案外簡単《かんたん》にOKしてくれた。かあさんは、

「つぐみ、ピコの散歩できるかな？　まあ、やらせてみようか。十日間も直登くんの家におじゃまするなら、洗濯《せんたく》なんかはちゃんと自分でしなさいよ」

とか、いろんなことをいいながらも賛成《さんせい》はしてくれた。ぼくはさっそく直登にメールを送り、塾以外にどこに行くか話し合った。

野菜を育てたり、ピコの散歩と家のまわりの草とりをする生活にも正直ちょっと飽《あ》きていた。なんというか、刺激《しげき》が足りない。だから、夏休みに浦和《うらわ》に行けることは、いい刺激になるような気がした。まだ高校進学の話まではしないけど、浦和の高校に行かせ

てもらえるなら、それもひとつの選択《せんたく》だ。

季節は夏に近づいていく。庭の草は放っておけばすぐにのびるので、草とりで毎日のように大汗《おおあせ》をかく。ぼくは「草とり部」という部活でもしている気分で草とりに追われた。

梅雨《つゆ》に入ると、雨の日はカッパを着て学校へ行ったけど、カッパを着て自転車をこぐのは暑苦しく、すぐに汗びっしょりになるので、わざとカッパなしで雨にぬれて帰ったりもした。教室の窓《まど》も、湿度《しつど》でくもり、なまぬるい風を窓《まど》から入れながら授業《じゅぎょう》を受けると眠気《ねむけ》で頭がぼんやりしてくる。

退屈《たいくつ》な歴史《れきし》の時間だった。小雨が降《ふ》っていて、校庭は湿《しめ》っていて、山には少しだけ霧《きり》がかかっていた。

頬杖《ほおづえ》をついて、校庭のむこうに見える畑に目をやったとき、目の中で、「何か」が動いた。その「何か」は、畑から校庭に出てきて、校庭のすみを、歩きまわった。目をこらしたぼくは、さらにそれより小さい「何か」が、あとからあとからあらわれて、ちょろちょろ動きまわるのを見た。

「あ……」

頬杖《ほおづえ》をとり、

「あれ……」

声を出したぼくに教室中の視線《しせん》が集まった。

「な、なんか、いる」

全員が、さっと、ぼくの視線の先に目をむけた。板書《ばんしょ》をしていた浅川《あさかわ》先生がちらっと校庭を見て「あ」といった。

「イノシシだ」

真っ先に「何か」の正体を口にしたのは慎太郎《しんたろう》だった。

慎太郎は次の瞬間《しゅんかん》、ガタンと椅子《いす》を倒《たお》し、立ち上がって、教室を飛びだした。

「あ……あの、バカ！」

浅川先生が手に持っていたチョークを落とし、急いで慎太郎のあとを追った。慎太郎は花壇《かだん》のそばに立てかけてあったスコップをつかみとると、そのスコップをふりあげたまま、「うおおおおお」とさけびながら、イノシシにむかって突進《とっしん》した。

「やめろ！　危《あぶ》ないぞ！」

教室の窓《まど》から校庭を、あぜんと見ていたぼくたちの耳に、先生の大きな声がひびいた。

イノシシは縞模様《しまもよう》の子どもたちを連れていたのだが、ウリボウと呼《よ》ばれる子どもイノシシがまず、おどろいた様子ですばやく畑のほうへ逃《に》げていった。親イノシシは、スコップをにぎって自分にむかってくる慎太郎《しんたろう》をにらみ返しているように思えた。

「うおおおおお」

慎太郎は少しもひるむことなく、さけびながらイノシシめがけて突進《とっしん》していった。イノシシは、一瞬《いっしゅん》動きを止めたけど、走ってくる慎太郎を敵《てき》とみなしたのか、短い脚《あし》で土を蹴《け》ってむかってきた。

「きゃあああ」

見ていた女子が悲鳴をあげた次の瞬間、イノシシは慎太郎に体あたりをかまし、慎太郎はつんのめるようにして前むきに倒《たお》れた。イノシシはそのまま走りつづけて小学校と中学校の境目《さかいめ》にある通路を横ぎり、小学校の裏手《うらて》へぬけて山に走りこんでいった。

倒れたままの慎太郎に走りよった浅川《あさかわ》先生が何か大声で言葉をかけている。

ほとんどの教室の窓《まど》ぎわに生徒たちが集まり、校庭に目をむけていた。

やがて浅川《あさかわ》先生が慎太郎《しんたろう》の腕《うで》を自分の肩《かた》にまわし、ゆっくりと立ち上がると、校舎《こうしゃ》にむかって歩きだした。保健室《ほけんしつ》にむかっているらしかった。

校内放送が流れた。

「校庭にイノシシが出ました。危険《きけん》ですので、生徒は校舎から出ないでください」

慎太郎は足を引きずっている。ケガをしているのかもしれない。少し歩いて立ち止まり、それから浅川先生は慎太郎を背負《せお》った。養護《ようご》の伊藤《いとう》先生が保健室から走りでてきて慎太郎のひざのあたりにふれている。

「あたし、保健室に行く」

結衣《ゆい》が廊下《ろうか》へ出ていくと、全員があとにつづいた。ぼくもいっしょに保健室へむかった。

保健室では、慎太郎がベッドに横たわり、伊藤先生が額《ひたい》にしわを寄《よ》せて慎太郎のひざを診《み》ていた。どやどやと保健室におしかけたぼくたちは、浅川先生に制止《せいし》されたまま、様子をうかがっていた。

「あー。これは、病院じゃないと処置《しょち》できないなあ。しっかり消毒《しょうどく》して、何針《なんはり》か縫《ぬ》わなきゃ。救急車《きゅうきゅうしゃ》を呼《よ》んでもいいけど、どう？　慎太郎《しんたろう》。先生の車で行く？」

血のついたガーゼを手にしたまま伊藤《いとう》先生が応急処置《おうきゅうしょち》の包帯を巻《ま》いた。慎太郎は無言でうなずき、再度《さいど》、浅川《あさかわ》先生に負ぶわれて保健室《ほけんしつ》から昇降口《しょうこうぐち》にむかった。

自習することになったぼくらは、教室へ帰っても、落ち着かなかった。地元育ちの隆《たか》弘《ひろ》が、

「慎太郎の親父《おやじ》さん、イノシシにやられて働けなくなったから、かあちゃん出ていったんさ。イノシシうらんでも仕方ないのに、慎太郎のバカ、イノシシにやつあたりして」

「そうだったの。それで、イノシシにむかってったわけ」

結衣《ゆい》が、読んでいた本を閉《と》じた。

「最近は親父さん酒ばっか飲んで、家のこともしないって。慎太郎は何食って生きとんのかなあ、ってうちの親がいってたよ」

そんな話を横で聞きながら、ぼくは慎太郎の汚《よご》れた上履《うわば》きや、給食をガツガツ無言で平らげるすがたを思った。

その後、パトカーが来て、警察官《けいさつかん》が何人かで学校の近くを見まわり、それから猟友会《りょうゆうかい》

の人たちが呼《よ》ばれて、山へ入った。イノシシが仕留《しと》められた話は聞かなかったけど、ぼくは、この場所が、そういう野生動物の生活圏《せいかつけん》なんだということをちゃんと認識《にんしき》したし、登下校の道でサルを見かけてもおどろかなくなった。

結局、慎太郎《しんたろう》は病院でひざを三針縫《はりぬ》い、三日間学校を休んだ。野生のイノシシと正面衝突《しょうとつ》して、それだけのケガですんだのは、むしろ不幸中の幸いだったと、先生たちはいった。

10

梅雨《つゆ》に入ってから、なずな亭《てい》に来るお客さんはさらに少なくなった。春の山菜と新緑の時期が去ったせいだと、とうさんはいった。東京からそれほど遠くないので、首都圏《しゅとけん》のお客さんも見こんでいたのだけれど、雑誌《ざっし》に載《の》ったりテレビに出ることもなければ、遠方から山のごはんをわざわざ食べにくる人もそれほどいなかった。

「雨の山も、緑が濃《こ》くてきれいなんだけどねえ」

かあさんが、雨にぬれた庭の草花を見ながらため息をついた。まれに、一度来てくれたお客さんがリピーターになることはあっても、新しいお客さんがなかなか増《ふ》えない。朝仕入れる魚の数も減《へ》らし、材料費《ざいりょうひ》を落とすことで、ぎりぎり店をつづけていけても、野山から採《と》ってくる山菜も春が終わると少なくなってくる。かあさんは、山里の魅力《みりょく》をメニューに生かすため、夏まで採れるフキをたくさん採ってきて水煮《みずに》にして、いろんなレシピを試していた。細い山のフキできゃらぶきをつくって、冷凍《れいとう》し、小鉢《こばち》に入れたり、ぬか漬《づ》けといっしょに添《そ》えたりしたし、ホオの葉を摘《つ》んできて、ごはんに香りづけをした。山椒《さんしょう》の葉をたくさん摘んできてジャコと佃煮《つくだに》にしたり、イタドリの若葉《わかば》で天ぷらを揚《あ》げてみたり。山の自然の食材を、調べては料理して、なんとかオリジナリティーを出す努力をしていた。

でも、庭に植えたナスやキュウリやトマトは、農薬を使わなかったから、梅雨《つゆ》に入ったころから病気になったり、害虫がついたりしてうまく育っているとはいえなかった。

家賃《やちん》は高くはないけど、生計《せいけい》が成り立っているともいいがたい状況《じょうきょう》。

「子どもはお金のことを気にしちゃだめよ」

とかあさんはいうけれど、引《ひ》っ越《こ》す前の期待どおりにことが進んでいないのは、子どもにもわかる。

「ちょっとしたアルバイトでもあればするけど、このへんでは仕事がないんだよ。くだものの収穫《しゅうかく》の手伝いは、短いあいだだけだしなあ。スモモの収穫期になったら、飯島《いいじま》さんに頼《たの》んで手伝いの仕事を世話してもらおうか。少しでもなんかの足しにはなるだろうから」

台所から、とうさんとかあさんの話し声が聞こえてきた。ぼくは暗い気分になり、テレビをつけて、目だけ画面を追いながら考えた。

この先、ぼくら家族はどうなっていくんだろう。

つぐみの化学物質過敏症《ぶっしつかびんしょう》は本当によくなっていくんだろうか。

ここに引《ひ》っ越《こ》したことは正解《せいかい》だったのだろうか。

家族がはなれて暮《く》らすことになっても、マンションを売らなきゃよかったんじゃないのか。

直登《なおと》は浦和《うらわ》の高校にいっしょに進もうというけど、寮費《りょうひ》だってかかるし、家計に負担《ふたん》がかかるんだろうな。塾《じゅく》にも通わずに浦和の高校へ行くなんて、どっちみち無理じゃないのか。

梅雨入《つゆい》りしてから、つぐみにぜんそくの症状《しょうじょう》が出ていた。けど、

「やっぱり、浦和で生活していたころに比《くら》べたら、梅雨の時期のぜんそくも軽いよ」

とかあさんは明るかった。ぼくの目にも、引っ越してから少しずつではあるけれど、つぐみの表情《ひょうじょう》がのびやかになっている気がしていた。それでも、

「田舎暮《いなかぐ》らしはお金では手に入れられない魅力《みりょく》がたくさんあるから、みんなでがんばろう」

なんていって、はりきっていたかあさんも、暮らしていくお金が貯《た》まらないのはもちろん困《こま》る。

「やっぱりさあ、地元の人たちがちょくちょく顔を出してくれるようでないと、なかなか採算《さいさん》が合わないんだよなあ。まあ、草刈《くさか》りでもするか」

とうさんが、なんとなく猫背《ねこぜ》になったまま、ホームセンターの売り出しで買ったばかりの小型《こがた》の草刈り機をとりに物置へ行った。庭に出たとうさんのすがたに、ピコがよろこんでシッポをぶんぶんふりまわしたけど、草刈り機の音におどろいて、あわてて犬小屋にもぐりこんだ。

本当に、塾《じゅく》の夏期コースに行ってもいいのかな。家計のことを考えたら行くべきじゃないんじゃないかな。

でもそう思うと、よけいに、久《ひさ》しぶりに街の空気を吸《す》って気晴らしをしたくもなった。

夏期集中コースの申しこみの締《し》め切《き》りは六月末日だ。

夏期コース申しこみの締め切《しき》りが間近にせまった金曜日の放課後のことだった。まだひざのケガが治らない慎太郎《しんたろう》のかわりに、学校の畑に水やりをしていると、後ろから結衣《ゆい》の声がした。

「ねえ、平林《ひらばやし》くん。私《わたし》、夏休みに東京の塾《じゅく》の夏期コースを受けにいきたいと思っているんだけど、どっか、おすすめの塾とかある？」

水やりをしながら、ちょうど塾のことを考えていたぼくは、ちょっとびっくりして、答えに迷《まよ》った。

「あ……、そ、そうなんだ。い、いいんじゃない？　夏期コースは、結衣みたいに頭いい人は、レベル高い塾で」

結衣は、ちょっと口をとがらせた。

「レベル高い……って、たとえば？」

「あ、そ、そうか。レベル高いところは、もう定員いっぱいで申しこみできない可能性《かのうせい》あるかも」

結衣《ゆい》が考古学者になるために進みたい有名校の希望者なんかは、とっくに申しこんでいるにちがいない。

「今から申しこむんじゃあ、フツーの、ぼくが小学校のときに通ってたような塾《じゅく》しか、もう空きがないかも。あ、じつは、ぼくも、直登《なおと》とコース受講《じゅこう》しようと思ってたんだ」

結衣は大きな目を見開いて、

「へえ。そうなんだ。平林《ひらばやし》くんはじゃあ、浦和《うらわ》に行くの？」

「あ、うん。そういうことになるね。直登んちで泊《と》めてくれるっていうからさ」

あせってきた。コース受講がもう決まってるみたいな話ぶりに、自分でも戸惑《とまど》った。

「その塾の名前、教えてもらってもいい？」

「あ……。うん。新進塾。マイナーだけど、講師陣《こうしじん》はまあまあかな」

いいかげんな説明をしてしまった。ぼくはちょっと居心地《いごこち》が悪くなって、

「あ、早く帰らないと。かあさんに草とりを頼《たの》まれてたのを忘《わす》れてた」

ジョウロの水をすばやくまき終えると、

「じゃあな。また来週！」

ぼくは結衣《ゆい》の横をすりぬけ、小走りで校舎《こうしゃ》にむかった。どうして申しこんだなんていってしまったのか、自分でも不思議だったけど、口から出てしまった言葉はもう消せない。暑さで出た汗《あせ》と冷や汗を両方流しながら夢中《むちゅう》で自転車をこいで帰り、とうさんの顔を見て、

「ごめん。家計の負担《ふたん》になるかもしれないけど、やっぱり塾《じゅく》の夏期コース受けさせて」

といって、パソコンでインターネットの予約画面を開いた。

「なんだ今さら。まだ申しこんでなかったのか。てっきりもう申しこんだのかと思ってたよ。ちょうど今日、一件《けん》、仕事を受けたところだし、受講料《じゅこうりょう》のことは気にするな」

とうさんが後ろからぼくの肩《かた》に手を置いた。

その晩《ばん》、テレビを見ていると、結衣からメールが来た。

「やっぱり平林《ひらばやし》くんのいったとおり、有名なところはすでに定員に達していたので、私《わたし》もいっしょに新進塾のコースを受講しようかと思うんだけど、いいかな？　もちろん宿泊先《はくさき》は自分で手配します」

「いちおう直登《なおと》にも伝えるけど、受講はべつにかまわないと思うよ。それは、自由で

しょ」

と返信した。結衣《ゆい》もいっしょだと思うと、なんとなく浦和《うらわ》へ行くのが楽しみになった。

月曜日の朝、教室へ入ると、結衣がそばに来て、

「ちゃんとビジネスホテルも予約したよ。でも、外食したり遊びにいくときは誘《さそ》ってね」

口の端《はし》を上げて、ニッと笑った。

「あ、ああ……。も、もちろん」

直登《なおと》に結衣もいっしょに受講《じゅこう》すると伝えると、

「へえ。いいじゃん。女の子もいっしょなんて、ラッキー！」

能天気《のうてんき》な返事が返ってきた。コースは七月二十五日からの十日間。

七月に入ったら、とうさんはスモモと桃《もも》を出荷している大きな農園へ、収穫《しゅうかく》のアルバイトに行くことになった。

「肉体労働も一度やってみたかったんだ。汗水《あせみず》流して働くのも、たまにはいいよ」

つぐみが、とうさんを見上げた。

「くだもの、もらえるかな？」

とうさんはつぐみのそんな質問《しつもん》に、ちょっと目を丸くしてみせた。

「そりゃわからない。まあ、キズものぐらいならくれるかもしれないけどね」

くだものはつぐみの好物だ。山梨に引《ひ》っ越《こ》すのを決めたとき、かあさんが、

「山梨はくだもの大国だから、おいしいくだものがいっぱい食べられるよ」

といったのをしっかり覚えていたにちがいない。つぐみはにこにこした。

学校の野菜の苗《なえ》は、腐葉土《ふようど》や肥料《ひりょう》のせいか、うちの庭のとはちがって、ぐんぐん育ち、キュウリやナスの花が咲《さ》きはじめた。

体育の時間はプールに入り、給食を食べると眠気《ねむけ》におそわれた。

梅雨《つゆ》もなかばをすぎると、空にときどき入道雲が立ち、棚田《たなだ》の緑色が濃《こ》くなった。

甲府盆地《こうふぼんち》のむこうの富士山《ふじさん》は、晴れた日には黒っぽい夏の山の色で、いつものように堂々《どうどう》と青い空にむかってそびえている。

帰り道の雑木林《ぞうきばやし》でヒグラシが鳴きはじめ、庭のヒマワリに大きな丸いつぼみがついた。

とうさんは、かあさんが考案《こうあん》した里山料理の写真を撮《と》ってホームページに載《の》せたり、なずな亭《てい》のちらしをつくり変えて道の駅に置かせてもらったりした。

集落の人は相変わらずだれも来てはくれなかったし、時田さんは、毎度のことながら意地の悪そうな目つきでなずな亭《てい》をのぞきこんだりした。だれかが石を投げてきたり、けものよけのロケット花火を打ちこまれたこともあった。回覧板《かいらんばん》は見せてもらえず、ゴミ集積所《しゅうせきじょ》を使わせてもらえなかったりもした。

ピコの散歩中に出会った人にあいさつをしても、無視《むし》されつづけた。それでもぼくは、できればあいさつをしたし、少なくとも会釈《えしゃく》は欠かさなかった。

「いつかは、わかってくれると思っていなさい」

とうさんはそういっていたし、たまにだけど、周囲《しゅうい》を注意深く見まわしてから、ピコをなでたり話しかけたりしてかまってくれる、犬好きなおばあさんやおじいさんもいた。

お客さんが来なくても、かあさんはなずな亭ならではの里山メニューの考案《こうあん》に余念《よねん》がなかった。朝からキッチンに立って、ブツブツひとりごとをつぶやいたり、ときには鼻歌を歌ったりしながら料理をつくりつづけた。店の定休日には山でどっさり木いちごの実を摘《つ》んできてジャムをつくり、道の駅で売れるようなおいしいレシピとセールスポイントを一生懸命《いっしょうけんめい》考えていた。

おかげで、夕飯のおかずの量はたっぷりで、ぼくは小学生のころよりずいぶん背《せ》がのびたし、体型《たいけい》もがっしりしてきた。

やぶ蚊《か》が出はじめると、虫よけスプレーを使えないつぐみのために、かあさんは蚊のいやがる草花で家をかこみ、ラベンダーオイルや、昔は虫刺《むしさ》されに効果《こうか》があるとされていたカタバミという草やミントを使ってかゆみ止めの薬をつくった。自分の化粧水《けしょうすい》も、今までは通信販売《はんばい》で買っていたヘチマ水を自分でつくるといって、庭に棚《たな》をつくってヘチマを植えた。

なずな亭《てい》は危機《きき》に陥《おちい》っていたけれど、かあさんは気落ちしている様子を見せず、早朝から夜遅《よるおそ》くまで、休むことなく動きまわっていた。

11

学校の畑で、野菜が実りはじめた。小さな学校は時間割《じかんわり》の融通《ゆうずう》がきくので、午前中の授業《じゅぎょう》時間全部を家庭科の調理実習にふりかえることだってできる。

収穫祭《しゅうかくさい》は一学期の終業式の前日。その日の給食は白米のごはんだけで、おかずは全校生徒で畑の野菜を料理した。

小学生も中学生も縦《たて》わり班《はん》に分かれ、事前に計画した料理を手分けしてつくった。

ぼくの班は、ナスとキュウリの浅漬《あさづ》けとナスとピーマンのみそ炒《いた》めをつくることになっていた。学校でとれたナスは大きくてつやつやしていたし、ピーマンも肉厚《にくあつ》で、包丁を少し入れただけで、ピーマンのにおいがまわりにたちこめた。

ナスやピーマンが苦手な小学生も、自分でつくると興味《きょうみ》がわくのか、がんばって大皿に箸《はし》をむけていた。みそ炒めは少し砂糖《さとう》を多めに入れて甘《あま》くして、小さい子も食べやすくしたのがよかったのかもしれない。

大皿に料理をのせて、バイキング形式で食べた。結衣《ゆい》の班《はん》は夏野菜ピザなんていう高度な料理に挑戦《ちょうせん》したし、慎太郎《しんたろう》の班は夏野菜カレーで、これも好評《こうひょう》だった。こんな楽しいイベントがあるのだから、この小さな学校を選んでやっぱりよかったと思ったし、家の庭の出来の悪い野菜も自分で料理してみようと思った。虫がついていようが、かたちが悪かろうが、そんなことは二の次。うちの野菜は自然野菜。つぐみが食べても大丈夫《だいじょうぶ》ってことが大事なのだ。

終業式に配られた通知表は、悲観するほど悪くもなかった。

つぐみは、終業式の前日に、学校で育てていたアサガオの鉢《はち》を持ちかえった。アサガオの観察は小学校低学年のカリキュラムだけれど、埼玉のフリースクールに通っていたつぐみにとっては初体験だったので、毎日水をやって大事に育てていたのだろう。

「みいちゃんのアサガオはもう花が咲《さ》いたのに、私《わたし》のアサガオはまだつぼみもこんなに小さいの」

さみしそうにつぶやきながら、つぐみはアサガオの鉢を、濡《ぬ》れ縁《えん》の前の、ピコの鎖《くさり》がぎりぎり届《とど》かない場所を選んで置いた。

「大丈夫《だいじょうぶ》。葉っぱの勢《いきお》いもいいし、もうすぐちゃんと咲《さ》くよ」

かあさんが、有機肥料《ゆうきひりょう》を一粒《つぶ》、アサガオの根元に埋《う》めて、ペットボトルでつくったつぐみ専用《せんよう》のジョウロをアサガオの脇《わき》に置いた。

夏休みに入ると海の日の三連休があるので、キャンプに来た親子連れのお客さんがちらほらと、昼ごはんを食べにきて、なずな亭《てい》はちょっとだけ活気づいた。

ぼくは毎日、朝と夕方つぐみを連れてピコの散歩をした。草にかくれて見えない側溝《そっこう》やハチの巣のある木をしっかりと教えておかなければ、つぐみ一人の散歩はやっぱり心配だ。とうさんも、自分の仕事で忙《いそが》しいからいっしょに行くのは無理だろう。

つぐみは、ぼくが教えたことにこっくりとうなずき、「わかった」といった。ピコはのら猫《ねこ》を見つけたとき以外はめったにリードを強く引かないから、つぐみ一人でも散歩はできるだろう。

ちょっとびっくりしたのは、夏休み初日の朝の散歩中に、ばったり慎太郎《しんたろう》に出くわしたことだ。

「あれ？　慎太郎じゃん」

上り坂で自転車を押《お》しながら唐突《とうとつ》にあらわれた慎太郎《しんたろう》にびっくりしていると、慎太郎はとくにおどろきもせず、

「あ、今日から桃《もも》もぎのバイト。クソジジイんとこで」

「クソジジイ？」

「ああ。時田のクソジジイの桃園が大きくて、時給もほかんとこよか二十円高いから」

「へえ。暑いのに大変だな」

「毎年のことだから。キズ桃が食事がわりになるから昼めしいらんし。そのかわり桃を落としたりすると杖《つえ》でたたかれるけど」

「え……？　杖で？」

それって虐待《ぎゃくたい》じゃないのか、といいかけて言葉をのみこんだ。杖でたたかれても、慎太郎はバイトしなきゃならない事情《じじょう》がある。額《ひたい》に汗《あせ》の粒《つぶ》を光らせている慎太郎は道の端《はし》を通りすぎた。

「あ、ひざはもういいのか？」

慎太郎の背中《せなか》に聞いた。慎太郎はちょっとだけ横をむいて、

「ああ」

ぼそっといって、また急な上り坂をのぼっていった。

「おにいちゃんのお友だち？」

つぐみがピコにお座《すわ》りをさせていた。

「うん。クラスメイト。ほら話したろ。イノシシにかかっていって、ケガしたやつ」

つぐみはまぶしそうに目を細めて、慎太郎《しんたろう》の背中《せなか》を見送っていた。

夏期コースがはじまる前の日になると、ぼくは着替《きが》えや筆記用具をバッグにつめた。甲府駅《こうふえき》まで結衣《ゆい》のおかあさんが車で送ってくれることになっていた。

七月二十四日出発、八月五日帰宅《きたく》の予定だった。つぐみは毎年八月七日にとなり町で催《もよお》される大きな花火大会を心待ちにしていた。それまでには帰ってこられる。

お金を使えるところがコンビニ一軒《けん》しかないことが幸いしてこづかいが貯《た》まり、直登《なおと》と同じゲームソフトも買ったし、浦和《うらわ》に持っていく旅費《りょひ》やこづかいにも少し余裕《よゆう》があった。

結衣はあまり首都圏《しゅとけん》へ出たことがないらしくて、何度もメールでいろいろなことを聞いてきた。外食でどのくらいかかるか、とか、コインランドリーの料金とか。結衣《ゆい》にとってもはじめての一人旅。わくわくもしていたが、不安なこともいっぱいなのだろう。

「送ってもらうかわりに、二人のお弁当《べんとう》はうちで持たすからね」

かあさんがフードパックにおにぎりと定番の肉団子《にくだんご》や揚《あ》げ物《もの》や、もちろんフキの煮物《にもの》もたくさんつめて持たせてくれた。

「駅弁って高いんだもの」

ぼくとしては駅弁も食べたかったけど、帰りは結衣の両親が浦和《うらわ》まで車で迎《むか》えにくる予定になっていたので、今回は駅弁にはどうやらありつけそうになかった。

出発当日の朝、結衣を乗せた車がなずな亭《てい》の駐車場《ちゅうしゃじょう》に入ってきた。

「わあ、かわいらしいお店じゃないの。今度食事しにくるわ。あ、ワンちゃんもいる」

家のまわりではめったに出会わないような、あかぬけたきれいな結衣のおかあさんは、なずな亭のたたずまいをひとしきりほめてくれた。

かあさんが紙袋《かみぶくろ》に入れた弁当の包みをぼくに手渡《てわた》した。

「田舎《いなか》料理だけど、がまんして食べてね」

と結衣《ゆい》にむかって笑い、それから二人の母親は五分ぐらい立ち話をした。

車に乗って、グリーン系《けい》のいい香りのする涼《すず》しい車内で母親たちの話が終わるのを待っていたとき、ぼくは坂道の上から杖《つえ》をついて下りてくる老人に気づいた。

「あ」と出た声に、助手席の結衣がふりむいた。

「クソジジイが来た」

「クシジジイ?」

「うん。慎太郎《しんたろう》がバイトしてる桃園《ももえん》のじいさん。うちをよそ者あつかいしていやがらせするし、あの杖で慎太郎をたたくらしい」

「ええ? いまだにこのへんだといるんだ。そういう頑固《がんこ》ジジイが」

結衣が時田さんをにらむと、時田さんは視線《しせん》を感じたのか、表情《ひょうじょう》を変えてけわしい目つきになり、杖を使って、道端《みちばた》の石ころをこっちにむかってはじき飛ばした。石が偶然《ぐうぜん》バンパーにあたって鈍《にぶ》い音をさせたので、母親たちもこっちに顔をむけた。結衣のおかあさんも、眉《まゆ》のあいだにしわを寄《よ》せて、時田さんにきびしい視線を投げた。

「ゲッ! ほんとにクソジジイだね」

結衣《ゆい》が運転席の窓越《まどご》しに、

「かあさん、もう車出してよ」

と大きな声で催促《さいそく》した。

南アルプスから甲府盆地《こうふぼんち》へ下りると、アスファルトの照り返しも手伝って、暑さでぼくは頭がクラクラしてきた。大きな駅の人ごみも、考えてみればずいぶん久《ひさ》しぶりで、ぼくらはまるでおのぼりさんみたいに、

「あっちだよ」

「ちがうよ。こっちよ」

大声を交《か》わしながら、あずさ号に乗った。

結衣は、かあさんの手づくり弁当《べんとう》が今まで食べた弁当の中でいちばんおいしかった、と満足そうにいった。

12

午後、新宿駅《しんじゅくえき》に降《お》り立ったとき、ぼくは一瞬《いっしゅん》、呼吸《こきゅう》ができないような気がした。呼吸はしていたんだろうけど、酸素《さんそ》が体にまわらないみたいだった。

浦和《うらわ》に住んでいたころは、もちろん数えきれないくらい東京に足を運んだ。新宿も渋《しぶ》谷《や》も原宿《はらじゅく》も、大まかな地図は頭に入っている。なのに、まるでにごり水のカプセルに、すっぽり包まれてしまったような窮屈《きゅうくつ》さをぼくは覚えた。

ハンカチで首の後ろの汗《あせ》をぬぐいながら早足で通りすぎるサラリーマンたちや、肩《かた》の出たカラフルなブラウスを着た女子のグループ、黙《だま》ったままスマホの画面に指をすべらす少年たち。世界は、ぼくが毎日をすごしてきた世界とはちがう。空気はぼくが毎日吸《す》っていた空気じゃない。太陽の光はぼくが浴《あ》びていた光じゃないし、さがさなければ地面に土すらない。

「わあ、人がいっぱいだあ」

結衣《ゆい》は駅の人ごみをめずらしそうに観察しながら、「ほ〜」と感心したような、ほうけたような声をあげた。

この空気にだってきっとすぐまた慣《な》れるだろうと思いなおし、ぼくは乗りかえる電車まで結衣の前を歩いていった。

電車の中の吊《つ》り広告《こうこく》や液晶《えきしょう》画面を見まわして、結衣がまばたきをくり返した。

「私《わたし》たちって完璧《かんぺき》におのぼりさんだね」

浦和駅《うらわえき》の改札で直登《なおと》が待っていた。相変わらず、能天気《のうてんき》に、

「おつかれちゃ〜ん」

と目じりを下げて、結衣の荷物を手にとった。まず、結衣が予約していた駅前のビジネスホテルにチェックインして、それからバスで直登の家にむかった。直登の家もマンションの一室だが、ぼくが住んでいたマンションより大きくてきれいだ。直登は一人っ子なので、ぼくの部屋よりずいぶん広い部屋をあてがわれているし、十五階なので、見晴らしもいい。ぼくのために、直登の部屋にはお客さん用の簡易《かんい》ベッドがすでに置かれていた。新しいモデルの静かなエアコンは、部屋を快適《かいてき》な温度に保《たも》ってくれる。バスル

ームは、南アルプスの家の風呂場《ふろば》とちがって高級ホテルみたいにゆったりした浴槽《よくそう》があり、マッサージ機能《きのう》つきシャワーから出るお湯はいつでも適温《てきおん》。到着《とうちゃく》したばかりのぼくに、直登《なおと》のかあさんがニコニコ顔で、

「越《えつ》ちゃんはポテトチップスが大好きだったよねえ」

と、大皿に山盛《やまも》りのポテトチップスとコーラの大きなペットボトルを出してくれた。

「結衣《ゆい》ちゃんも、山登りのときはありがとう。直登から聞いたわ。頼《たの》もしいわねえ。今日の夕飯はみんなで焼き肉にしようね」

「はい。ありがとうございます」

結衣が快活《かいかつ》そうな返事をすると、直登のかあさんはまたニッコリ笑った。毎晩《まいばん》煮魚《にざかな》のおかずというのがいやだったわけではないけれど、久《ひさ》しぶりの焼き肉はやっぱりうれしい。

「私《わたし》は、越ちゃんママみたいにお料理が得意《とくい》じゃないから、ホットプレートで焼く焼き肉がいちばん簡単《かんたん》でいいわ」

どーんと大皿にならんだ牛肉をタレにつけて食べるごはんは、相当久しぶりで、いく

らでも食べられた。食べすぎて、結衣《ゆい》を駅前のホテルまで送るあいだ、苦しくなって何度も立ち止まった。

翌日《よくじつ》から夏期コースがはじまった。小学生のころお世話になった講師《こうし》の先生たちもなつかしかったし、受講生にも見知った顔がいくつかあった。

「こういうコースを受講するのははじめてだから、なんだか緊張《きんちょう》しちゃうなあ」

初日の朝にそういっていた結衣は、講義がはじまると、難問《なんもん》をすいすい解《と》いてほめられっぱなしだったけど、ぼくは、なんだか頭がぼんやりして先生に、

「なんだ、越《えつ》。山梨に行ってもちゃんと勉強しますっていってたくせに、こんな問題も解けんのか」

と、あきれられてしまった。草とりはうまくなったけど、たしかに勉強はあまりしていないから仕方がない。きっと結衣は、ほとんどの生徒が有名大学に入れるような高校へ進むんだろう。でも、ぼくはまだ、進路も将来《しょうらい》したい仕事も決まっていない。

「中学生になったばかりで、就《つ》きたい仕事が決まってる子なんて、そんなにいないわよ」

かあさんは笑ってたけど、考古学者になりたいという目標にむかって邁進《まいしん》している結

衣が、なんだかうらやましかった。直登《なおと》は、

「フツーのサラリーマンでいいじゃん。とりあえず、できるだけいい高校に行けばいいだけの話でしょ」

やっぱり能天気《のうてんき》。あせりなんてまったくないみたいで、それもまたそれで、うらやましい気もした。それでも、何かになりたいぼくでいたほうがいいのかな、と考えはじめていた。夢《ゆめ》って、かなうかどうかはべつとして、結衣《ゆい》みたいに、持っているほうがいいのかもしれない。そういう話を、とうさんやかあさんと、真剣《しんけん》に話し合ったことはないし、二人ともつぐみの病気のことで大変そうで、ぼくのことでまで大変な思いをさせられないと、心のどこかで思ってきた気もする。

講師《こうし》の先生がいうように、レベルの高い高校へ入れば、それだけ選べる職業《しょくぎょう》も増《ふ》えると考えるべきだろうか。塾《じゅく》にいると、だんだんそれが普通《ふつう》で、ぼくは人生のレールから外れてきているんじゃないだろうか、と思えてくる。

結衣は毎日、生き生きと勉強を進めていた。直登も結衣の熱心さに影響《えいきょう》されて、結衣を「結衣先生」と呼《よ》び、数学の問題の解《と》き方《かた》を教わったりして、いつになくマジメに受《じゅ》

講《こう》していた。

ぼくだけがまだ、あずさ号を降《お》りて新宿駅のホームに立ったときの違和感《いわかん》を引きずっていた。講義《こうぎ》に身が入らないし、勉強に集中できなくて、自分で書いた字を消しゴムで消して、書いてまた消す。窓《まど》の外からかすかに聞こえてくる信号機のメロディーや、遠くから小さくひびいてくる電車の音が気になって、ちっとも成果が上がっていない気がした。

講義が終わったあと、ファミリーレストランでハンバーグセットを食べながら窓の外をながめているときや、ゲームセンターに寄《よ》って三人でワイワイ楽しんだり、ＵＦＯキャッチャーでピカチュウの大きなぬいぐるみをゲットしたときも、自分が自分じゃないような、妙《みょう》な感覚がずっと背中《せなか》にはりついていた。

十日間のコースの真ん中で、一日休みがあった。七月三十日、結衣《ゆい》の希望もあって、ディズニーランドへ行くことは、前から計画していた。三人とも、もちろんはじめてじゃなかったけど、大人の付《つ》き添《そ》いなしで行くのははじめてだった。

アトラクションをじゃんけんで選んだり、いろんな味のポップコーンを分け合ったり、たまにはあまり人気のない乗り物にのんびり乗ったりしているうちに、まあ、きっとなるようになる、もっと気楽にすごそうと思えるようになったぼくは、夕方、最後にジェットコースター型《がた》のアトラクションに乗った。そして、シートから立ち上がってポーチを受けとったとき、中のケータイがブルブル鳴っていることに気がついた。

あわててポーチからケータイを引っぱりだすと、かあさんからの電話だとわかった。電話の前にメッセージも届《とど》いている。

「至急連絡《しきゅうれんらく》ください。つぐみが大変なの」

着信音が途絶《とだ》えてしまったので、アトラクションの外に出て、折り返しかあさんを呼《よ》びだした。

「あ、越《えつ》。今どこ?」

「え。ディズニーランドだよ」

「そっか。楽しんでるとこ、ごめんね。あのね、つぐみがね、つぐみが、マムシにかまれた。あ、あのピコも。散歩中に。救急車《きゅうきゅうしゃ》で今病院に来たとこ」

「……うそ……」

これしか言葉にならなかった。

「越《えつ》、悪いけど、これから帰ってこられる？　ピコも鼻先をかまれて顔が腫《は》れていて、動物病院に連れていかないといけないから」

頭がくらくらした。すぐには考えがまとまらない。でも財布《さいふ》には、いちおう電車賃《でんしゃちん》ぐらいはあるし、緊急事態《きんきゅうじたい》なんだから、帰らなきゃ、という判断《はんだん》だけはついた。

「わ、わかった。とにかく今から乗れるいちばん早いあずさに乗るよ」

「お願いね。越も気をつけて帰るのよ」

電話を切って、直登《なおと》と結衣《ゆい》に事態を説明した。

「荷物は宅配便《たくはいびん》で送るから、すぐ新宿に行かなきゃ」

直登が出口へむかって歩きだした。

「つぐみちゃん、大丈夫《だいじょうぶ》かな」

結衣も神妙《しんみょう》な顔で、直登のあとを追った。

まだ半分混乱《こんらん》しながら、ぼくは、落ち着け、落ち着けと自分にいい聞かせ、何もないのに何度かガクンとつまずきながらあとにつづいた。

「あの、結衣。マムシにかまれて死ぬことってあんのか?」

結衣《ゆい》なら知っているかもしれないと思った。

「うん。ごくわずかだけど、いる。体力のないお年寄《としよ》りとか小さな子どもだと思うけど」

「毒《どく》を持つ生きものに気をつけましょう」というポスターがたしか保健室《ほけんしつ》のかべに貼《は》られていた。スズメバチのとなりに、だいだい色と黒のまだら模様《もよう》のマムシの毒々しい写真があったな。あんなのにかまれたら、痛《いた》いんだろうな。

つぐみの容態《ようだい》が気になった。もちろん、ピコの具合も。

「あ、でも救急車《きゅうきゅうしゃ》ですぐに病院へ行ったなら、死ぬことはまずないと思うよ」

結衣はこうつけくわえた。

舞浜《まいはま》から新宿までの電車の中で、再度《さいど》かあさんにケータイからメッセージを送った。

「つぐみとピコの具合を教えて」

かあさんからのメッセージは返ってこなかった。きっとバタバタしていて、それどころじゃないのだろう。

「気が気じゃないだろうけど、落ち着いて帰れよ。明日、塾《じゅく》の先生には事情《じじょう》を説明しとくからな」

新宿から松本《まつもと》行きのあずさ号に間に合った。ホームの自動販売機《はんばいき》でミネラルウォーターを一本買って、自由席の車両に乗りこんだ。

13

あずさ号のデッキから、とうさんに電話してみた。とうさんも病院にいる可能性《かのうせい》が高いから出られないかもしれないとは思ったけど、やっぱり出なかった。

こんな大変なときに迎《むか》えにきてもらうのは気がひけたけれど、病院の名前も場所もわからない。救急《きゅうきゅう》病院だから大きな病院だろうし、たぶん化学物質過敏症《ぶっしつかびんしょう》でつぐみがかかっていた病院だろうと予想はできたけれど、たしかな情報《じょうほう》はなかった。

ぼくは財布《さいふ》の中に、まだ一万円札が残っているのを確認《かくにん》してから、タクシーでとにかく自宅《じたく》へむかうことにした。

家に着いて庭へまわると、マズル（鼻先から口にかけての部分）をパンパンにふくらませたピコが、いつもと同じようにシッポをふってぼくを歓迎《かんげい》してくれた。それにしても、まるでオタフクみたいな顔が痛々《いたいた》しい。でも、マムシの毒《どく》でぐったりしているわけではなく、元気はあるので、ひと安心して、かあさんと、とうさんと、直登《なおと》のケータイに短いメッセージを送った。

「今自宅《じたく》に着いた」

キッチンのまな板に、かあさんが切りかけた油揚《あぶらあ》げとナスがそのままにしてあって、あわてて出ていった様子が想像《そうぞう》できた。

ケータイを出すと、もう七時をまわっていた。縁側《えんがわ》に座《すわ》ってピコの様子を見ながら、動物病院の情報《じょうほう》を検索《けんさく》していると、かあさんから電話がきた。

「あ、越《えつ》。家に着いたのね。よかった。あのね、つぐみは命を落とすことはないと思うけど、容態《ようだい》はよくないから、強い薬を使うかどうか、これから先生と話し合うの。病院は共立病院よ。たぶん入院になるみたいだから、かあさんもとうさんもすぐには帰れないけど、ピコはどんな具合？　越、ピコを病院へ連れていける？」

かあさんの声が、緊張《きんちょう》で上ずっていた。

「うん。今、動物病院のことを調べた。この時間だから、診《み》てもらえるかわからないけど、電話してみるよ」

ピコが不思議そうにぼくを見ている。動物病院に電話をすると、呼《よ》びだし音がずいぶ

んつづいたあとで、先生が出てくれた。事情《じじょう》を説明し、ピコの様子も伝えると、

「あのね。犬は人間よりマムシの毒《どく》に強いんだ。死ぬことはまずないから、安心していいよ。顔がそんなに腫《は》れているのなら、時間外だけど診《み》てあげるよ。連れてこられるかい」

「連れていけそうなら、また電話します」

電話を切って、病院のアクセス欄《らん》からマップを開くと、歩けば最低でも小一時間はかかりそうな距離《きょり》だった。タクシーを呼《よ》ぶにしても、タクシーって犬を乗せてくれるのかな。普通《ふつう》に考えて、乗せてくれないだろうな。乗せるお客さんには犬アレルギーの人もいるだろうし。

「あ、そっか。その手があるかも」

ひとりごとをいって、ぼくはリビングのキャビネットの引き出しから、飯島《いいじま》さんの名刺《めいし》をさがしだした。飯島さんか耕《こう》ちゃんなら、手伝ってくれるかもしれない。

電話に出た飯島さんは、今甲府《こうふ》にいるといって耕ちゃんに連絡《れんらく》をしてくれた。三分後、耕ちゃんからの電話が鳴った。

「すぐ行くから。待ってろし」

動物病院に再度《さいど》電話をしてこれから行くと伝えると、やさしそうな先生が、

「ああ。待ってるから、あわてずにな」

と、いってくれた。

耕《こう》ちゃんの白い軽トラックの荷台には、ミツバチの巣箱が三個《こ》積んであった。中にミツバチがいないことをたしかめてから、耕ちゃんは巣箱を駐車場《ちゅうしゃじょう》のすみに下ろして、ピコを抱《だ》き上《あ》げ、鎖《くさり》を荷台のフックにつないだ。

真っ暗になった農道を、ピコを気にしながらゆっくりくだって、郵便局《ゆうびんきょく》のむかい側にある「もり動物病院」に着いた。駐車場にも待合室にも明かりが点《つ》いていた。

白髪《しらが》をのばして後ろでしばっているやさしそうな初老の先生が出てきて、ピコの顔をひと目見て目を丸くした。

「ありゃりゃ。こりゃずいぶん腫《は》れたもんだ。どれ、診察室《しんさつしつ》に連れておいで」

ピコを抱いて診察台にのせると、ピコははじめての診察台におびえたのか、体を少しふるわせた。おしりの穴《あな》から体温を測り、先生はピコの鼻のかみきずをよくたしかめて、

薬をぬり、あちこち体をさわって全身の状態《じょうたい》をチェックして、最後に炎症止《えんしょうど》めの注射《ちゅうしゃ》を打った。

「よし。これで大丈夫《だいじょうぶ》。腫《は》れたところは痛《いた》がゆいだろうから、いちおう薬を出すよ。えさにまぜてあげて」

最後に受付用紙に名前や住所を書きいれ、料金は後日払《ごじつはら》いに来ることになり、ぼくらはまた暗い農道をのぼって家に帰った。病院の近くのコンビニに寄《よ》ってもらって夕飯用のおにぎりとサンドウィッチを買い、車の中で食べた。家に着いてピコに薬の入ったえさをやり、それから共立病院へ急ぐ。

「それにしても、マムシは、こっちから攻撃《こうげき》しないとかんでこないと思うけどなあ。なんでまたこんなことに……」

耕《こう》ちゃんが運転しながら首をかしげた。病院の救急窓口《きゅうきゅうまどぐち》で名前をいうと、

「三階のナースステーションへ行ってください」

という答えが返ってきた。階段で三階へ行くと、ナースステーションの前でかあさんが看護師《かんごし》さんと話をしていた。ぼくより先に耕ちゃんが、つぐみの容態《ようだい》をたずねると、か

あさんが説明をはじめた。

「時田さんがね、田んぼの脇《わき》の深い側溝《そっこう》に落ちて身動きできなくなってたみたいなの。側溝があるのはわかってたはずだから、想像《そうぞう》だけど、マムシを見つけてびっくりして、よろけて落ちちゃったのかも。たまたまピコとつぐみが通りかかって、時田さんのうめき声を聞きつけて、側溝を見るために草むらに入って、そこにいたマムシを踏《ふ》んじゃったのね。けっこう大きなマムシだったみたい。つぐみがかまれたから、ピコがマムシにむかっていったんだと思う。それでピコもあんなことに。ふだんは悲鳴も満足にあげられない子だけど、さすがにだれかを呼《よ》ばなくちゃと思ったんでしょう。大声をあげたら、桃園《ももえん》で働いてた慎太郎《しんたろう》くんが走ってきてくれたのよ。そして、つぐみの腿《もも》を着ていたシャツでしばって、かみきずから毒《どく》を吸《す》いだしてくれたの。そして、近くの家に知らせて救急車《きゅうきゅうしゃ》を呼んでくれた。慎太郎くんにはなんてお礼をいっていいか……」

「慎太郎が……?」

ぼくは、なんだか胸《むね》があつくなった。あの、イノシシにむかっていった慎太郎が、つぐみを救《すく》ってくれたのだ。ひざだってまだ痛《いた》かったはずだ。

「ええ。時田さんは、腰《こし》を打ってはいたけど肋骨《ろっこつ》に小さなヒビが入っただけですんだみたい。あの側溝《そっこう》、大きくて危《あぶ》ないなあと思ってはいたのよ」

「で、つぐみは……？」

「うん。あの子、生まれつきの体質《たいしつ》が体質でしょ。足首は紫色《むらさきいろ》に腫《は》れてとても痛《いた》いらしいし、熱もあるし、一時は意識《いしき》もぼんやりしてたの。ただ、強いステロイドを打っても大丈夫《だいじょうぶ》かどうか、慎重《しんちょう》に処置《しょち》しないといけないからね。浦和《うらわ》にいたころからのカルテも全部見てもらって、検討《けんとう》して、それでもやっぱりステロイドを点滴《てんてき》で入れるほうがいいってことになったのよ。だから、何かあったらすぐに対応《たいおう》できるように、一週間くらい入院することになったの」

説明を終えて、かあさんはふうと大きなため息をついた。

「まあ、命助かって、よかったじゃんけ」

耕《こう》ちゃんが、かあさんをなぐさめると、

「しばらくは、つぐみについててやらないと。越《えつ》、家やピコのこと、お願いね。なずな亭《てい》は臨時《りんじ》休業だわね。耕ちゃんも、ありがとうございました。ホントに助かったわ。病室にとうさんもいるから、つぐみに会ってやって」

かあさんは病室にむかって歩きだした。ついていくと、病室の窓側《まどがわ》のベッドでつぐみは眠《ねむ》っていた。とうさんが、ぼくと耕《こう》ちゃんと交互《こうご》に目を合わせ、耕ちゃんにぺこっと頭を下げた。熱があるせいか、つぐみの顔色はほんのり赤く見えたが、寝息《ねいき》は安らかで、顔の表情《ひょうじょう》に苦しさやつらさはないように思えた。

何もできないし、あまり時間をとるのも耕ちゃんに悪い気がして、ぼくはとうさんの耳元で、「また明日来るよ」と小声で伝えて、耕ちゃんと病室を出た。

病院の急患《きゅうかん》出口まで見送りにきたかあさんに聞こえる声で、耕ちゃんがいった。

「まーったく、時田のじいさん、これで少し懲《こ》りて改心しんと、地獄《じごく》へ落ちるさね」

14

なずな亭《てい》の駐車場《ちゅうしゃじょう》でミツバチの巣箱を積みなおし、

「何かあったらケータイにかけてこいし。着信記録があっから番号はわかっただろ」

そういって耕《こう》ちゃんは農道を走り去った。ピコはひとしきりシッポをふって、犬小屋に入った。エサは残さず食べたようだ。

一人でシャワーを浴《あ》びて、静かなリビングであおむけになり、天井《てんじょう》を見上げた。

つぐみ専用《せんよう》のキティちゃんの薬箱が、テーブルの上に出されたままだった。

冷蔵庫《れいぞうこ》からかあさんのつくった、冷えた野草茶を出して飲んだ。お客さんにも出す野草茶は、草の味と煎《い》り豆《まめ》のにおいがした。

夕方までディズニーランドにいたことが、うそみたいだった。ふと、直登《なおと》に電話しようかと思ったけど、ケータイの画面を見て、電話のアイコンをタップして、でも、そのままカバーを閉《と》じた。テレビを見る気にも、音楽を聴《き》く気にもなれず、かといって何かを真剣《しんけん》に考える気にもなれない。

網戸《あみど》からときどき、夜風が山のにおいを運んできてくれる。虫やカエルの声が、かすかに風にのって耳に届《とど》く。

立ち上がって部屋の明かりを消すと、月の光が窓《まど》にうつったぼくの顔をほんのり照らしだした。

ひとつの建物の中に一人で寝《ね》る、というのははじめてだということに気がついた。いつも、そばに家族がいたのだということに。

いつのまにか、リビングでそのまま寝てしまったぼくは、明け方の涼《すず》しさで目を覚まし、トイレに立って、そのまま寝つけず、五時すぎにピコを連れて散歩に出た。

桃《もも》の収穫期《しゅうかくき》だから、朝早くから桃園で作業をする人たちがいた。

「おはようございます」と、あいさつすると、

「ああ、おはよう」と、声が返ってきた。

ブーンと重い羽音をたてて、コガネムシやクワガタムシも飛んでいる。ニワトリがあちこちの鳥小屋から、かん高い声を青い空にむかって放っている。

ピコのまんまる顔を見て、すれちがったおばあさんが「あんれ、まあ」とつぶやいた。腰《こし》が曲がって目線が低いから、よけいにピコの顔がよく見えたにちがいない。

いつもより長く散歩をして帰ると、玄関《げんかん》の前に新聞紙の包みが置いてあった。なんだろう、と不思議に思って、ピコをつないで包みを開くと、「ムノウヤク」と書かれた紙と、いかにもとれたてで朝露《あさつゆ》をまとったままのキュウリが何本も出てきた。

「え？　だれかな？　耕《こう》ちゃん？」

とてもおいしそうなキュウリだったので、腹《はら》ペコだったぼくは冷蔵庫《れいぞうこ》からみそを出し、キュウリにつけてかじった。

「うまっ！」

うなった。味が濃《こ》い。無農薬だから洗《あら》う必要なんかないと思って、そのまま次々に胃《い》袋《ぶくろ》に入れた。朝露の甘味《あまみ》まで感じられるような、おいしいキュウリだ。全部食べて、まだ足りず、庭に出てキュウリをもぎとってかじってみた。

ちがう。いったい何がちがうのか。同じ無農薬だけど、こんなに味がちがうのはなぜなんだろう。

キュウリで満腹《まんぷく》になり、ピコにも薬をまぜた朝ごはんをあげて、それからつぐみのアサガオや庭の野菜や花に水をやった。アサガオのつぼみはまだ小さい。

そこにかあさんが車で帰ってきて、キッチンを片《かた》づけ、テレビをつけた。

「今、朝ごはんつくるからね」

「あ、食べたよ」

「ええ？　こんなに早く？　何食べたの？」

「キュウリ」

ぼくは、玄関《げんかん》に置かれていた新聞紙の包みと無農薬のメモのことと、キュウリがとてもおいしかったことをかあさんに伝えた。

かあさんは、いぶかしがりながらメモをじっと見て、

「まあ、いっか。いずれ、だれがくれたのかわかるわよ。そんなにおいしかったなら、かあさんにも一本ぐらい残しておいてよね」

といって、炊飯器《すいはんき》からごはんをとって、おにぎりをにぎりはじめた。とうさんに持っていくのだろう。自分でも、パクリとひとつほおばった。「臨時休業《りんじ》」のカードを下げて

から、かあさんといっしょに病院へ行くと、つぐみはまだ少し赤い顔をしていた。

「にいちゃん、ごめんね。呼《よ》びもどしちゃったね。でも、すっごく痛《いた》かったんだよ。今も痛いよ。痛み止めのお薬を飲んでも少し痛い。でもね、ピコがね、ヘビと戦ってくれたよ。そしたらヘビが逃《に》げていったんだよ」

「そうか、大変だったなあ。今は、どう？　熱はまだあるんだってな」

「うん。ちょっとまだ体がだるいけど、朝ごはんのおかゆはちゃんと食べたよ」

ベッドの上のつぐみは、病弱で小さくて細くて気弱だったそれまでのつぐみより、ひとまわり大きくなったみたいに見えた。いつだったか、セミの羽化《うか》を動画で見たことがあったけど、つぐみを見ていたら、ふとそれを思いだした。少しだけ淡《あわ》い緑色をおびた、白いセミが、七年もいた土の中からはいだしてきて、夜明け前に茶色い殻《から》を脱《ぬ》ぎすてるすがたは、とても美しかった。

「にいちゃん」

はっとした。

「私《わたし》のかわりにアサガオに水をあげてくれる？」

「ああ。今朝も水やったよ。まだ咲《さ》かないな。きっとつぐみを待ってるんだな」

つぐみは、うれしそうに笑った。

夕方、講義《こうぎ》が終わったころ、直登《なおと》に電話をした。自分からも塾《じゅく》には電話したけれど、直登と結衣《ゆい》も状況《じょうきょう》を説明してくれたらしい。ぼくの荷物はすでに発送ずみで、今晩《こんばん》にも届《とど》くとのことだった。

「ポテトチップスもいっぱいつめて送ってやったからな。そっちには売ってねえようなレアなポテチな」

結衣にも電話した。

「つぐみちゃん、早く元気になるといいね。元気になったらまたいっしょに山に登ろうって伝えといて」

切ろうとしたら、

「あ、それと、おかあさんにお弁当《べんとう》ホントにおいしかったって伝えてね。家族でお店にお食事しにいきますって」

早口につけくわえた。

つぐみの病院食は、はじめのうち、朝のおかゆをのぞいては、かあさんが手づくりして運んでいたけれど、つぐみは入院四日目に、

「病室の人と同じごはんも、食べてみるよ。もし発作《ほっさ》が出ても、ここは病院なんだからすぐ診《み》てもらえるでしょ」

といいだした。とうさんとかあさんは、先生とよく話し合ってから、少しずつほかの患《かん》者《じゃ》さんと同じ病院食もつぐみに食べさせてみた。結果、発作はついに起きなかった。つぐみの体は、強くなってきたということだ。

「やっぱり、引《ひ》っ越《こ》してよかったのよ」

かあさんは、心の底からほっとしたようだ。

熱も下がり、点滴《てんてき》もとれて、つぐみの退院《たいいん》の日が決まった。八月七日。花火の日だ。

つぐみの入院初日以外は、つきそいはとうさんか、かあさんのどちらかだったから、ぼくが家に一人で寝《ね》たのはひと晩《ばん》だけだったけど、雨の日以外は、野菜が玄関《げんかん》に置かれる怪現象《かいげんしょう》がつづいた。無農薬のメモが入っていたのは初日だけだったけど、その後も、ナスやトマト、ピーマンやオクラやトウモロコシまで。朝置かれていなくても、つぐみ

を見舞《みま》って帰ると、留守中《るすちゅう》に置かれていたこともあった。どれも、すごくおいしい野菜で、かあさんは、

「だれだかわかれば、買いにいくのに」

残念そうにつぶやいていた。でも、毎日ピコの散歩をしながら、集落の畑をよく観察していたら、ぼくにはなんとなくわかってきた。

たくさんならべられた緑色のコンポスト（肥料《ひりょう》）がある、生ゴミをほとんど肥料に変えている家。腐葉土《ふようど》が山積みされていて、野菜の種類や色やかたちからも推察《すいさつ》できた。野菜にも個性《こせい》があることをぼくはだんだんわかってきた。

たぶん、名取《なとり》さんだろう。はじめのころ、米やキビを安く売ってくれていたおばあさんだ。きっと、つぐみがマムシにかまれて、その結果、時田のじいさんが助かったことも、この小さな集落では、あっという間に伝わったにちがいない。

その証拠《しょうこ》に、ピコの散歩中にあいさつをすると、ほぼ百パーセントの人があいさつを返してくれるようになった。無視《むし》する人は今はいない。

ぼくは、慎太郎《しんたろう》に会いたくて、時田さんの桃園《ももえん》をさがした。ちょうど昼休みで、慎太

郎がビールケースに腰《こし》を落としながら、桃《もも》をむいていた。

「慎太郎《しんたろう》」と呼《よ》ぶと、慎太郎は目深《まぶか》にかぶった帽子《ぼうし》のつばをちょっと持ち上げて、まぶしそうにぼくを見上げた。

「ありがとう。つぐみ、もうすぐ退院《たいいん》できるんだ」

「ああ。あんな草っぱらは、いかにもマムシがいそうだから、気いつけろよ。おかげでクソジジイも寝《ね》こんでるから、たたかれんで助かる」

慎太郎は、皮をむいた桃をぼくの胸《むね》の前にさしだした。

「キズもんだけど、味は変わらんから」

「あ、サンキュー」

受けとって、かじってみた。甘《あま》さが奥歯《おくば》のそのまた奥まで広がった。

「慎太郎はすげえな。マムシの毒吸《どくす》っちゃうんだから」

「にげえよ、毒だから。でもすぐ吐《は》きだせば大丈夫《だいじょうぶ》。そんなことは、山に住んでたらチビのころから知ってるさ」

「あのさ、慎太郎は、高校はどこに行くの？」

お礼をいうだけのつもりだったのに、口がすべった。慎太郎《しんたろう》は、ぽかんと口を開いてから、

「高校？　行かねえよ。行けるわけないじゃん。授業料《じゅぎょうりょう》はかからなくたって、交通費《こうつうひ》とか制服《せいふく》とか、いろいろ金かかるし。行かねえ行かねえ。どっか中卒でも働かしてくれるとこ見つけるよ。まあ、ほとんどないけど」

肩《かた》をゆらして、慎太郎は笑った。ぼくは、言葉につまってしまい、

「ああ、そ、そうだよね」

と相槌《あいづち》を打って、

「それにしても暑いな。熱中症《ねっちゅうしょう》に気をつけろよ。じゃあな」

と、桃《もも》の種を捨《す》てると桃園を出た。田んぼの横を流れる小さな水路で、手や口のまわりについた桃の汁《しる》をざっと洗《あら》い流《なが》し、しばらく冷たく澄《す》んだ水の流れに目を落としていた。

この世界は、不公平だな。

そう思った。方程式《ほうていしき》が解《と》けるのと、方程式は解けなくてもマムシの毒《どく》を吸《す》って人を助けられるのと、どっちが大事なんだ。

結論《けつろん》。どっちも大事。

でも、あえてはかりにかけるなら、どっちなんだろう。


つぐみが退院《たいいん》した日は、空がすっきり晴れた。車の窓《まど》から久《ひさ》しぶりに山をながめていたつぐみは家に着くと、すぐにピコのところへ走った。ピコのまんまる顔ももとにもどったし、つぐみは、「会いたかったよお」とピコをなでまわし、ひとしきりはしゃいで、じゃれ合った。新聞紙の包みにはトウモロコシが四本と、真っ赤なトマトが四個《こ》包まれていた。

少し涼《すず》しくなってからピコの散歩に出て、名取《なとり》さんの畑の脇《わき》を通りかかると、畑で草とりをしていた名取さんが、キュウリの葉の陰《かげ》から顔を出した。

「あ、おにいちゃん」

めずらしく、声をかけてきた。

「あの……、さっき、留守《るす》にしてたろ。そんとき、おたくの前にね、時田さんが立っとってね。店の中をのぞいとったさね。きっと、何かいいたかったんだろね。昔から頑固《がんこ》な人だけどね、それでもお嬢《じょう》ちゃんが見つけてくれなんだら、どうなっとったかわからんさ。時田さんのほうがマムシにかまれたかもしれんね」

そういって、ふふっと笑い、手ぬぐいで鼻の頭の汗《あせ》をぬぐった。ぼくは答えに迷《まよ》って、

「あ……はい。そうっすね」

と、あいまいな返事をした。

「退院《たいいん》したばかりだから、花火大会を見に河川敷《かせんしき》まで行くのは来年にしような」

とうさんが、花火の上がる方角を見定めて、夕方縁側《えんがわ》の前にテーブルを置いた。かあさんが蚊《か》よけの蚊連草《かれんそう》の鉢《はち》を縁側の下にならべた。白いタオルを頭に巻《ま》いて、扇風機《せんぷうき》の前で早くもビールを飲みだしたとうさんに、

「オヤジくさっ」

と、つぶやくと、

「だって、オヤジだもん」

とうさんはふざけて、口をとがらしてみせた。

切ったスイカとゆでたてのトウモロコシをテーブルに置いて、かあさんが、

「つぐみ、来年は浴衣《ゆかた》を縫《ぬ》ってあげるね」

笑いながら左手で、とうさんの手の缶《かん》ビールを奪《うば》って、ぐいっとひと口飲んだ。

七時をすぎて、花火が上がった。南アルプスの山の上からは小さくしか見えなかったけど、甲府盆地《こうふぼんち》の夜景の上に開いていく色とりどりの花火は、星空に咲《さ》いたあでやかな花みたいだった。

「さあ、明日からまた、がんばるぞお！」

とうさんもかあさんも、ぬか漬《づ》けをつまみにビールを飲んで、上機嫌《じょうきげん》だった。つぐみはスイカを食べて種を地面にひとつずつ落として、

「ねえ。ここからスイカの芽が出る？」

と、ぼくの横腹《よこばら》をひじでくいくい押《お》してきた。

「出るよ。きっと」

答えて、ぼくもスイカの種を地面に吐《は》きだした。

「あ、つぐみのアサガオ、明日咲くよ」

ふとんに入ったつぐみに、かあさんがいった。

空が白《しら》みかけたころ、ぼくは目が覚めてトイレに立った。スイカを食べすぎて、もらす寸前《すんぜん》だった。無事、トイレから出て縁側《えんがわ》へまわったとき、ガラス戸の外につぐみとピコがならんで座《すわ》っているのに気づいた。

「何やってんだ？」

つぶやいて、ガラス越《ご》しによく見ると、つぐみの前にアサガオの鉢《はち》がある。ぼくはガラス戸を静かに引いて、外に出た。つぐみは濡《ぬ》れ縁《えん》にじっと座ったまま動かなかった。ピコが少しシッポをふったけど、つぐみを気づかうように、すぐに伏《ふ》せをした。

「おい。何してんだ」

ぼくが、小声でつぐみの耳元にささやきかけると、つぐみはぼくのほうをむかず、アサガオのつぼみをただじっと見つめている。

「アサガオが、咲《さ》くの。どんなふうに咲くのか、見てるんだよ」

ぼくは黙《だま》りこんだ。つぐみは、息もころしているみたいに、微動《びどう》だにせず、アサガオのつぼみを見つめている。

ぼくはそのつぐみの横顔を、じっと見つめた。それは、ぼくにとっては長い長い時間だったけど、本当の時間にすれば、たったの三十秒ぐらいかもしれなかった。

そしてそれからもじっと動かずに、つぐみはひたすらアサガオのつぼみを見つめつづけた。

ぼくは、そっと、つぐみの横に座《すわ》りなおした。

盆地《ぼんち》のむこう側に鎮座《ちんざ》する大きな黒い富士山《ふじさん》の頂《いただき》の左側が、きらりと光り、その光がゆっくりと時間をかけて少しずつふくらんだ。

やがて、光はいくつもの筋《すじ》に分かれ、山肌《やまはだ》を這《は》いながら人間たちの住む町へと下りていった。空は朱色《しゅいろ》と紫色《むらさきいろ》のグラデーションに染《そ》まり、その色はしだいにあざやかに光をふくんでかがやきだす。

「寒くない？」と聞いた。

つぐみは、かすかに首を横にふった。目は何分も、きっと何十分も、アサガオのつぼみにむけられたまま。

飽《あ》きないのかな。ぼくは考えた。こんなに長いこと、小さなひとつの花のつぼみを見

つめつづけるなんて、ぼくにはきっとできない。


そのとき、気づいたんだ。

つぐみの中で、時間はこんなふうに流れていたんだ、って。

ぼくの、弱くて小さかった妹は、しっかりと自分の時間の流れを持って生きてきたのか。


アサガオは咲《さ》いた。一時間以上かけて、人間の目ではとうていわからない速度で、ゆっくりと、そしてしっかりと咲いた。

朝焼け色の花だった。


「今日も暑くなりそうだな」

とうさんが、フキと油揚《あぶらあ》げのみそ汁《しる》をすすりながら、つぶやいた。

朝の食卓《しょくたく》は、いつもと変わらない。

カッコウの声が聞こえる。
引《ひ》っ越《こ》してから、朝、テレビを見なくなった。
山から届《とど》く音を聞きながら食べる朝ごはん。
つぐみも、早起きしていつもよりおなかがすいたのか、箸《はし》の動きが忙《いそが》しい。
「あのさ、やっぱり、山梨の高校に行くことにした」
ぼくはとうさんとかあさんにむかっていった。
この青い空の下で、家族と生きていく。

開け放した扉《とびら》のむこうで、アサガオの花が小さくゆれた。

著者　**森島いずみ**（もりしま　いずみ）

秋田県に生まれる。通訳業のかたわら児童文学を書きはじめ、『パンプキン・ロード』（学研教育出版）で第20回小川未明文学賞大賞、『あの花火は消えない』（偕成社）で第63回産経児童出版文化賞フジテレビ賞受賞。作品に『まっすぐな地平線』（偕成社）がある。原発事故のあった福島県から山梨県に移住し、現在に至る。

画家　**しらこ**

1996年 岐阜県に生まれる。大学で建築とデザインの勉強をした後、海外の技法書を読んで風景画を学ぶ。現在は児童書の装画を中心に活動中。装画作品に『八月のひかり』（汐文社）、『ぼくらのセイキマツ』（理論社）、『かがやけ！虹の架け橋』（アリス館）、『響野怪談』（角川ホラー文庫）などがある。

ずっと見つめていた

発　行　2020年3月初版1刷

著者　森島いずみ
画家　しらこ
発行者　今村正樹
発行所　偕成社
〒162-8450 東京都新宿区市谷砂土原町3-5
TEL.03-3260-3221（販売部）　03-3260-3229（編集部）
http://www.kaiseisha.co.jp/
印刷　三美印刷株式会社
製本　株式会社 常川製本

NDC913　158p.　20cm　ISBN978-4-03-727320-0

乱丁本・落丁本はおとりかえいたします。
本のご注文は電話・FAXまたはEメールでお受けしています。
Tel : 03-3260-3221 Fax : 03-3260-3222
e-mail : sales@kaiseisha.co.jp

あの花火は消えない

森島いずみ・作
丹地陽子・絵

母親の長期入院のため、透子は、小さな海辺の町で祖父母と暮らすことになった。そのはなれに「ぱんちゃん」とよばれる自閉症の青年が引っ越してくる。絵が得意な彼は、なぜか海の近くの坂道ばかりを描いている。すこし風変わりな女の子と、自閉症の青年が出会い、共有する時間。夏の光に照らされたその時間のなかで、無我夢中で日々を送り、何かを得て、そして失う物語。産経児童出版文化賞フジテレビ賞受賞。

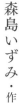